第1章

人の死ぬ音

「人生は選択だ」

と言ったのは、誰だっけ。


生きるべきか死ぬべきかを悩んだデンマークの王子さまか？

アダマンチウムの爪と骨格を持つマーベルのミュータントか？

それとも、父親の無念を晴らすため、新造人間となった青年だったか。

ちょっとはっきりしないけど、いずれにしろ「人生は選択」。それは真理だ。

目の前にはいつだって、さぁ選べと複数の選択肢が広がっている。そのどれかは花園に繋がっていて、別のどれかはイバラ道。しかも、進んだ先でまた道は分かれてて、一度選んだら、二度と引き返せないオマケつきだ。

よく考えて選ばなきゃ。たったひとつの選択ミスが、その後の毎日に痛く大きなツメ跡を残す。

自分らしく生きるのか、カネ儲けを目指すのか、なんて大きな話じゃないぜ。たとえば、それは今日の昼飯になにを食うかって、たかがそんな選択肢。


あの晩、高円寺の下宿にかかってきた一本の電話。

おれには「出る」という選択肢も「出ない」という選択肢もあった。深夜に近い時間だったし、次の日は朝早く起きる予定だったから、居留守決め込んで出ないほうが自然だったかもしれない。

だけど、おれは電話を取った。

ふと、電話を取っちまった。

選択ミス？

わからない。いまとなってはもう、わからない。

ただ、受話器から流れ出てきた言葉の衝撃が、頭の芯にこびりついているだけだ。

「これからナイフで首を切る。おまえはそこでおれが死んでいく音を聞いててくれ」


冗談だ、と思うだろう？　おれだって冗談だと思ったさ。

ゴトリ——受話器が床に転がる音がして、レッド・ツェッペリンの『天国への階段』が低く流れてくるなんて、誰が考えたって出来の悪い最低のジョーク。続いて聞こえたガスの漏れるような音がなんなのか、考えることもバカらしいくらいのさ。

だけど、あの人は本当に逝ってしまった。

「おまえは、おれにみたいに負けないで欲しい。おまえの星をおまえらしく生きてくれ」

21歳のおれにはとてつもなく重い言葉を残してね。

1

１９８４年。ジョージ・オーウェルがディストピア世界に選んだ年。

昭和59年。日本が本格的にバブルに浮かれる二年前の夏のことだ。

その夏は、デタラメな暑さだった。

プリンスやネーナやデュランデュランやカルチャークラブやメンアットワークやチャカカーンやユーリズミックスで踊ったことがある人なら覚えてるんじゃないかな。

ソ連と東欧諸国が出場をボイコットし、「オイオイそんなので盛り上がるのかよ」って空気の中、ロスアンジェルスでオリンピックが開幕。けどフタを開けたらカール・ルイスの四冠や、右足を負傷しながらラシュワンを横四方に固めて見事一本勝ちした山下の金メダルに、日本中が沸いたあの夏のことだ。


暑かった。

昼間もだけど特に夜がクレイジーで、25度を超える熱帯夜が三週間以上も続いて、クーラーどころか風呂もない下宿住まいの、スリープジャンキーなおれはこれ以上なく苦しんでた。だって、想像してくれよ。汗でベタつく身体を流すシャワーもなく、冷房器具は軸のつけ根がキィキィいってるオンボロ扇風機だけって状況。眠剤飲んだって眠れるわけなく、おれの精神はどうしようもなく蝕まれていったんだ。

No Sleep, No Life!

おれに眠りを！

だからおれは部屋のスペック（エアコン&ユニットバス）だけで一人暮らしの女の子を拾いまくった。ビジュアルなんて無関係。当然モンスター級ズラズラで、一泊が限界というサバイバル。

その晩も。参宮橋の瀟洒なマンション208号に住む、想像上の生き物のような文化服装の子の部屋に転がり込み、クーラーがんがん回して惰眠を貪った翌日（寝る前のことは聞かないでくれ）「昨日はありがとう、楽しかったよ。また縁があったらどこかで会おうね！」なんて別れたのが日曜日の午後も遅い時間で、数時間後にゴールデン街で待ち合わせがあったからそれまでホコ天でも流してみようと新宿大通りへ向かい、けどあまりの暑さに嫌気がさして伊勢丹に逃げ込もうと早足になったとき。

白髪の痩せたジジイがおれの行く手を遮ったんだ。

ひと目で仕立ての良さがわかるフラノのスーツにアスコットタイ。足元にはモンクストラップを組み合わせたウイングチップ。左腕にチラリと見えるのはオーデマピゲのロイヤルオーク。その手にはブライドルレザーのダレスバッグ。全部が本物なら、高級車が買えてしまう金額を身にまとってるって……。

誰、コイツ？

「失礼ですが、あなたの先祖と私の先祖は非常に親しくしていたようです」

訝しがるおれの目の前で、突然ジジイが金属的な声を出した。

新手のキャッチかカルトの勧誘か。いずれにせよ関わり合わないに限る。

と、普通なら思うだろう？

でもゴメン。実はおれ、ソッチ系は大好物。

しかも待ち合わせまで時間を持て余してたから、まさに渡りに船ってやつ。一体なにが飛び出してくるかソワソワしつつ、「はい？」なんて気弱な青年を装ったら、ジジイは伸ばした背筋をキチンと45度に折り曲げて、

「いや、驚かせて申し訳ない。往来で見ず知らずの方に声をかけるなど私とて初めてで、やり方がわからず大袈裟になってしまった。許してください。ただ、あなたほど私に近い人にはお目にかかったことがなかったので、つい声をかけてしまいました。いかがでしょう、少しお時間をいただけませんか？」

って言ったんだ。

やめてくれ。おつき合いしないわけないでしょう。けど、ここはもう少し渋ったほうがリアルかなって、「でも……」なんて口籠りつつ上目遣いを駆使したら、ジジイはうまく勘違いしてくれこう続けた。

「よろしかったらそろそろ夕刻だ。中村屋でカリーなどはいかがですかな。もちろんご馳走いたしますが」

中村屋!!! カレー好きのおれの聖地であり、でも過去には一度しか食ったことがない、あの中村屋の超高級カリー（中村屋ではカレーと言わない）をおごってくださる!?

行きます、行きます。私はあなたについて行きます！

中村屋の3階。

おれは一言もしゃべらず、いつも食ってるカレーの8倍値のカリーを一気に平らげた。

それから満足してフゥと息を吐き、ジジイに言う。

「なんかおれだけ食ってスンマセン。ご馳走さまでした」

「お気になさらず。では、そろそろ自己紹介をいたしましょうか。と言って私の名前を明かすことはできません。職業は世間一般で言うなら占い師。英語のフォーチュンテラーのほうが意味合い的にはそぐいますがね」

ジジイは飲んでいたスパイスティのカップを静かに置き、柔らかな声で言った。

Fortune Teller は完全にネイティブの発音だった。

「英語、うまいんすね」

食欲が幸せに満たされると、人間は素直になるものだ。

「もともとは、サンフランシスコに住んでおりましたので」

「じゃあ、やっぱモンタナのファンすか？」

シスコの人なら49ｅｒｓの話題を振っておけば間違いない。

おれはジョーの天敵、レイダーズのディフェンシブエンド、ハウィー・ロングのファンだけど。

「私に気を使わないでください。お招きしたのは私ですから」

「いや、別にそういうつもりじゃ……」

せっかくの幸せの園を、ジジイ、なぜ蹂躙する？

「失礼ですが学生さんでいらっしゃいますか？」

蹂躙されたら、攻撃するよ。

「フォーチュンテラーさんでも、そういうのはわからないんですね。それともおれから徐々に情報引き出そうってやつですか」

「その通りです。あなたに関することはあなたからお伺いするのがもっとも正確ですから」

そうくるか。これは面白いことになりそうだ。

「名前は喜志龍正《きしたつまさ》、名古屋市出身。両親とも健在で兄弟は弟がいて、全員健康状態は良好。いま大学4年で、特定の彼女はいなくて、借金もなくて、内定は取れてないけど、就職する気はないから問題なし。あとなんです？　あ、そうか、山羊座、B型。これでどうです？」

「意味がありません」

「は？」

「そのような表面的なことには意味がないのです。あなたのことを話してください」

ほほう、うまい言い方するじゃんね。

いいぜ、乗ってやるよ。

「上智と多摩美の二重学籍。ずっと芝居やってて、大学演劇フェスティバルに出て優勝。それが縁で芸能事務所に声かけてもらってテレビの前説やってて、宝島や角川のバラエティでもコラム書いてて……」

「いえ、そのようなことでもありません」

は？　これこそがおれだろ。

全部、おれだからできたことだろ？

「なんでだよ。全部、おれだからできたことだろ？」

声に出ていた。

「あなただから、できたこと？」

「そうだよ。おれだからできたことだ」

「具体的には、どういうことでしょうか？」

「ちょっと待ってよ。二重学籍とか演劇フェスでの優勝とかテレビの前説とか、誰でもできるもんじゃないでしょ。才能とかセンスとか、そういうの持ってる人間じゃないとできないでしょ」

「あなたはそれをお持ちだと？」

「おれはそう思ってる」

「持たない人にはできませんか？」

「あぁ、できないよ。できないから人生を売るんだ」

「と、言いますと？」

「就職だよ、就職。このデタラメな暑さのなか汗にまみれて企業回りしてさ。内定いくつか取ってそれ自慢し合うって、ご苦労さま通り越して哀れだよ。それって才能がないからでしょ？　企業に人生売るしか道がないってことでしょ？　おれは違うよ。企業に飼われるなんて惨めな生き方はしない。おれはおれの頭とおれの手で生きていく。それは才能を与えられた人間にしかできないことだし、おれだからできる生き方だ」

「なるほど」

ジジイの顔に皺が浮かぶ。

「あなたは思った通りの熱いお人だ。聞いていて気持ちがいい」

「熱いって……馬鹿にしてるの、それ？」

「いえ、決して馬鹿にしてはおりません。気に障ったのなら謝ります。喜志さん、ありがとう。あなたと話せてとても楽しかった」

ジジイはなんの気配もなく頭を下げ、そのまま音もなく伝票に手を伸ばした。

って、おい！　まさか帰る気かよ！　勘弁してくれ。じゃあおれはカリー食って自分の話してそれで終わりってことかよ。話があるっていったのはそっちだろ！

と言おうとしたおれの前に、亜空間から生まれ出たようなジジイの右掌。

思わずジジイを見るおれ。

おれを見返すジジイ。

年寄りのくせに無垢な笑み。いや、棺桶に足突っ込んでるからこその無垢か。

クソむかつく。けど、許しを請うてしまう皺だらけのアルカイック・スマイル。


「人は皆、**星**を背負っております」


伝票を取り上げながらジジイが言った。

その言葉を聞いたとき、体温が上がった気がした。

体温が上がって身体がブクッと膨れた気がした。

「生まれ落ちた瞬間にその星は決まっています。

人の上に立つことで輝く星もあれば、人を支えることで輝く星もある。

一人己を磨くことで大成する星もあれば、天下で揉まれて花を咲かせる星もある。

人にそれぞれの顔があるように、人にはそれぞれの星があります。

まずは自分の星を知り、星の定めに従い、星を磨くこと。

私の生きて来た限りでは、星の定めに逆らった人生を歩んで幸せになった方を知りません。

あなたがあなたの星に生きれば、素晴らしい人生が訪れるでしょう。

でも、いまのまま星を知らずに生きれば、過酷な人生になります。

私があなたに伝えたかったのは、これがすべてです」


そう言うとジジイは、これまでで一番深い皺を顔に刻み、浮きあがるように席を立ち、軽やかに会計を済ませ、エスカレーターの奥に消えていった。まるで映画のワンシーンのような美しき退場。

一体なんなんだ、あのジジイ?

おれは唖然としながら、けれど胸の奥底に言葉にならない高鳴りを抱え、それ故しばらく動けずにぼんやりとしてしまい、そう言えば、と思い出して時計を見る。

18時26分。約束の時間まで三十分ちょっと。

行くか。どうにもすっきりしないけど。きっと三島さんが吹き飛ばしてくれるだろう。

そう考えたら一気に気持ちが軽くなり、「ごちそうさま」と中村屋の可愛くはないけど品のいいウェイトレスに声をかけ、ウィンクをして気味悪がられた。

まるでB級コメディの出来の悪いワンシーンのようにさ。

2

「よう喜志、久しぶり。今日も暑いな」

ちょっと早いかな——そう思いながら扉を開けたら、なんだもう来てるじゃん、三島さん。いつもの席に座っておれのためのビールを注文しながら涼しい顔で声をかけてきた。

外は気が狂いそうな灼熱で、この店だって全然冷房効いていないのに、コム・デ・ギャルソンの黒のジャケットをいつも通りタイトに着こなしている。

「お久しぶりです。お誘いありがとうございました。三島さん、ジャケット暑くないんすか？　よかったらかけますよ」

誘ってもらったことが嬉しくて、やたら素直ないい子のおれ。

「暑いからって脱ぐのはガキだよ。大人はスタイルに命かけるんだ。ほら、冷えたビール」

三島さんの長い指先から、凍ったビアタンを受け取る。

「ありがとうございます。覚えておきます」

「じゃあ、乾杯」

三島さんの言葉に合わせてグラスを鳴らし、そのまま半分を一気飲み。

乾いた喉がキュウキュウ鳴った。


ウメェ〜


考えうる限り一番低能な感想を言ったおれは、続いて無邪気に手帳（三島さんの真似して買ったオン・サンデーズのオリジナルダイアリーだ）を開き「大人はスタイルに命をかける」と、今日のページに書き留めた。

新宿ゴールデン街。三島さんお気に入りのバー「Satyricon《サテリコン》」。

静かなマスターと、デタラメにうまいアボカドディップ、絶妙なセレクトで流れるロックとサイケとグランジとパンクが最高な、7席限りのパラダイス。おれがルー・リードを覚えたのも、ニック・ロウを覚えたのもこのバーで、ズブロッカを覚えたのも、オールドグランダッドを覚えたのもこのバーだった。ここに来るたびおれは少しずつヒップな大人になっていく。

その晩かかっていたのは、ヴェルヴェット・アンダーグラウンド『黒い天使の死の歌』。暑い夏と凍るほど冷えたビールには、はまり過ぎて怖いくらいの見事なチョイス。

＊

三島さんのことを説明する代わりに、出会いの話をしようと思う。この話を聞けば、三島さんがどういう人か一番わかるからさ。

出会いは、その年のゴールデンウィーク。

場所は、二子玉川園遊園地（潰れちまったので、いまはもうない）。

ぬいぐるみショーの中身のバイトしてたんだよね、おれ。つかこうへいが自身の劇団員に「いい役者になりたいなら、ぬいぐるみショーのバイトをしろ」と言ったという話が伝わってきて、芝居漬けになっていたそのときのおれは「少しでもいい役者になれるなら」とぬいぐるみショーをやってる会社探して速攻面接に行き、当然のように採用になり、週末は必ずどこかでぬいぐるみに入っていたんだ。

二子玉川園遊園地でおれが入っていたのは、則巻千兵衛。

みんな大好き『Dr.スランプ アラレちゃん』ショーだ。

連休最終日で客の入りが悪くて疲れもピークにきてたから、午前のショーを流してやって、さぁ昼飯だって楽屋口を出たそのとき「ちょっといいかな」と声をかけてきた、微笑んでるくせに妙にギラギラしたオーラを放つ変な野郎、それが三島さんだった。

30代の半ば、180センチをわずかに切るくらいの長身で細身。

一見してデザイナーズとわかる黒のジャケットを羽織っていた。ボトムはジーンズ。606タイトスリムだろう。シュリンク加工が施された白いシャツの襟はカラーの外に出されてた。

「いまのショーで役者やってた人？」

浅黒い肌。ムーブのかかった真っ黒な短髪。切れ長の目。低い声。シルバーのブレス。太い眉。アルベルト・ハインリヒ（サイボーグ004）に似たハードなオーラ。

ヤクザには見えなかった。

けど、なんだかヤバい臭いがした。

「そうだけど、なにか？」

ヤバい感じがするヤツにはナメられたら終わりだ。

おれは眼に力を入れて言葉を返した。

「千兵衛やってた人と話したいんだけど、呼んでくれない？」

千兵衛やってたのはおれだけど、もちろんおれにはなんの用もない。

「話がしたいなら会社に電話しなよ。番号はそこに書いてあるから」

後ろに停めてあった軽トラの横腹を指さしながら言い捨て、男の脇をすり抜けた。

「おまえだろ。歩き方が一緒だ」

ビビった。なんでわかるんだろうと思った。カマかけられただけかもしれないけど、ビビりながら振り向いた時点で、おれは自分が千兵衛だと認めてしまった。

「あー、やっぱり、そう。この遊園地も落ちたね、こんな小僧に主役やらせるとは。しかも客が少ないからって気の抜けた演技。何様だ、おまえ。おれが言う筋合いじゃないけどな、芝居ナメるなよ、小僧」

最後まで聞けなかった。

なんでこんな野郎にいきなり説教されなきゃいけないのか全然わからなかったし、おれはおれでプライドがあった。バイトをクビになってもいいから、この野郎だけはブッチメよう。ブッチメなきゃ、おれがおれでいられなくなる。野郎がしゃべり終わる前に、おれは右の前蹴りを繰り出した。左膝を正面から蹴り抜いて壊してやるつもりだった。


次の瞬間。

腹に激痛。

熱い固まりを飲み込んだような、焼ける痛み。

一気に血の気が引き、代わりに胃の中から朝飲んだジュースがせり上がってくる。

ヤバい——おれの中で、誰かが言った。こんなヤツを相手にしたらヤバい。逃げなきゃヤバい。

打たれるまで見えないボディフックを放つ野郎になんて勝てるわけない。

おれは辺り一面にジュースと胃液を吐き散らしながら、這うようにして控室に逃げ込んだ。


それからの時間は、最低だった。

殴られた腹が気持ち悪いことも、おめおめ逃げた自分への情けなさもあったが、それよりも野郎が言った通りだってこと、つまり実際のところおれは手を抜いていて、しかもそれをまったく気にしなかったことに対する自己嫌悪が充満し、どうにも気持ちが上がらなかったのだ。

ダメだ、ダメだ。ここでヘコんでどうするんだ。おれは無理やり気合いを入れた。

夕方のショーで見返してやろう。おれの一番のステージを見せる。

やってやるよ、誰にも文句言わせない渾身の則巻千兵衛を！

そして、おれは満身に気合いを込め則巻千兵衛をやった。いや、則巻千兵衛になった。入れ込み過ぎてスベったところもあったけど、いいステージだったと思う。お客さんは異常にノッてくれたし、終わったときの拍手も半端なかったし、マネージャーも褒めてくれたし、それになによりおれが気持ち良かった。認めるのはシャクだがあの野郎のおかげだ。

「お疲れさまでした！」

自分でも制御不能なハイテンションで裏口を出たおれに、そこでもう一度、声がかかった。

「おい、少年、さっきはゴメン。いきなり蹴り入れてくるから加減が利かなかった。お詫びに晩メシおごるよ」

口元に笑顔を浮かべたサイボーグ004が立っていた。

「心配するな。おれはヤクザじゃないしホモでもない。プッシャーでもないしポン引きでもない。まぁ、心配ならついてこなくても構わないけど、これだけは覚えとけ。いまの演技、最高だったなぁ、ヤバい出会いだろ？」

＊

それからの日々は、おれにとってめくるめく世界だった。

おれは三島さんに憧れ、三島さんみたいになりたいって強く願った。

自分の頭と手とセンスと才能だけで世の中は生きていける、ってこと。

そうすると2倍も3倍も愉しいいんだ、ってこと。

そういう生き方をヒップって呼ぶんだ、ってこと。

全部、三島さんから教わった。手取り足取り教えてくれたんじゃない。ましてやノウハウなんてそんな薄っぺらなもんでもない。

三島さんはいつだって背中でおれに教えてくれた。

三島さんがなにを本職としていたのか、実のところ、いまでも知らない。親が残した資産を株で増やしている、と噂で聞いたことはあるが、おれにとっての三島さんは役者で、モデルで、パフォーマー。それ以上でも以下でもなかった。


三島さんの舞台は美しかった。

おれの演技とはレベルが違う。立っているだけで絵になる男なんてマンガの世界にしか存在しないって思っていたのに、三島さんは現実に立っているだけで観客を魅了した。歩き方は男のおれでも惚れてしまいそうだった。おれも三島さんのように立ちたかったし、歩きたいと思った。


三島さんの言葉には力があった。

数々の修羅場をくぐった者だけが出せる絶対の自信、マグマより濃いプライドが言葉の根底に流れていて、だから三島さんの言葉はいつも熱かったし、鋭くて、潔くて、おれの心の深くに沁みた。

「人は立っている姿に人生が映る。自分らしく生きていないヤツは、立っただけでわかるんだ。いつまでもキレイに立ちたいなら、いつまでも自分と闘え。逃げたりごまかしたりしたら、その瞬間から二度とキレイには立てなくなる」

三島さんのように立ちたいとおれが言ったときにもらった言葉。

人生に自分の法律を持つこと、自由とは責任がいつもついてくるものであること、結果だけがすべてであること（それも優勝とかグランプリとか1位の結果だ）、努力は口に出してはいけないこと、不安を考えるよりも前に行動すること、精いっぱい意気がること、見栄とプライドを履き違えないこと……三島さんの言葉が入ってくるたびに、おれの中に法律ができていった。

人生を、頭と手とセンスと才能で生き抜いていくための、おれの法律。

でも、三島さんはカネの話だけはしてくれなかった。

一度、どうやったらカネが稼げるのか聞いたことがある。

そのとき三島さんはサメよりも冷たい眼になった。

「なんだ喜志、カネが欲しいのか？　カネ持ちになりたいのか？」

「あ、いや、なんて言うか……」

慌てるおれに三島さんは、怖いというより哀しい目で、こんな言葉を投げてきた。

「カネが欲しいなら教えてやるよ。簡単なことだ。土下座をすればいい。相手に、世間に、土下座して他人より早く儲かる情報をもらえばいい。カネってのはな、一部のカネ持ちによってコントロールされているんだ。カネ持ちがずっとカネ持ちでいられるようにカネの流れを管理してる。そのカネ持ちに土下座して、カネ持ちしか知らない情報をもらえばいい。ついでにケツの穴でも舐めればいくらか資金も出してもらえる。簡単だろ？　おれはそうやってカネを稼いでいる最低の男だ。おまえが望むなら土下座のやり方を教えるけど、おまえにはおれみたいな下衆にはなって欲しくない。好きなことに熱中しろよ。おまえが自分の法律に従って、自分の欲求をすべて解放できたら、カネは自然と入ってくる」

わかったよ、三島さん。

三島さんがカネのために生きちゃいけないって言うんなら、おれはカネなんていらない。自分らしくカッコつけて生きていければ、そう、カネなんて問題じゃないんだ。

3

「ところで今日ここに来る前、変なことがあったんです」

二杯目のビールを手にしながら、おれはさっき会ったジジイの話をし、それから聞いた。

「ねぇ、三島さん、星ってなんだと思います？」

大笑いされるかと思ったのに、三島さんは真剣な顔つきになっていた。

「星に生きろか。うん、その爺さん、いいこと言うじゃん。おれも使おうかな」

え、マジ？

「え、マジっすか？」

声に出ていた。

「星とかおれには全然わかりません。生まれたときに背負ってくるって一体なんですか？　性別とか家柄とか、そういうのですか？」

「全然違う」

「運命とか業とかですか？」

「それも違う」

「え、じゃあなんなんですか。教えてください」

「役割、性格、気質……人間はそのどれかに突き動かされて行動する。その行動は自分で決めて行なっているようで、実は無意識からの指示で自動反応的に動かされている。爺さんのいう星はそれに近いのかもしれない」

「は？　なんなんですか、それ。全然わからないですよ」

「心理学の一種って言えばいいのかな。おれも本でかじっただけだし、その爺さんじゃないから本当のところはわからない。それに話を聞いたのはおまえだ。おまえが自分で考えろ。それより最近、前説はどうよ」

それまでの感じから急にトーンを変えて、三島さんが聞いてきた。

「まぁまぁです。やっと常連のお客さんに名前覚えてもらえて、先週の撮りのとき、初めて花束をもらいました」

「笑い屋さんじゃなく？」

三島さんが意地悪に言う。

「違いますよ。笑い屋さんはおれら前説なんて見てないですから。それにオバサンばかりじゃないですか。花束もらったって嬉しくないどころか、迷惑です」

最初のビールを飲み干し軽くアルコールが回ったおれは、調子に乗って切り返した。

笑い屋さん。バラエティ番組の撮りのとき観客席の前方と後方にほどよく配置され、ここぞという場所で前後から下品な笑い声を響かせ、間に挟まれた一般のお客さんに笑いを伝染させる、バラエティには欠かせない仕込まれたオーディエンス。

そんなのに認められたって、少しも嬉しいわけがない。

「新人に自信つけさせるために事務所が笑い屋さんに頼むって聞いてたんだけど、そうか、笑い屋さんじゃないとしたら」

言葉を切って三島さんがおれを見た。

柔らかくあたたかな視線。

「それは、おまえがバイトだって気を抜かず、仕事として真剣にやってる証拠だ。おまえには才能がある。それはおれが保証する。あとは量だよ。ただガムシャラに、ただひたすらに量を積め。その中からしか質は生まれないんだ。どんなときでも気を抜かず量を重ねていけば、間違いない、おまえは花開くよ」

三島さんがこんなに褒めるなんて気持ち悪い。

気持ち悪いけど最高に気持ちいい。

バカなガキだもの、これですっかり有頂天。

「おれにセンスと才能があるのは、おれが一番知ってますよ。それから三島さんが手抜きを嫌っていることも。なんせおれはそれでヘド吐いてますからね」

「またその話か。おれはきちんと謝ったぞ」

「謝ったって過去は消せません。なんせ三島さん、いままでで最悪の第一印象でしたから。でも、おれの人生では最高の出会いで、最強のボディアッパーでした」

ハッと、短く笑った三島さんが、軽く右のボディアッパーを入れてきた。

「ありがとうございます。おれ、三島さんがおれに教えてくれたことのすべてに感謝しています」

突然姿勢を正したおれが気持ち悪かったのか、三島さんは左手をヒラヒラ振りながらマスターを呼び、レコードをジャパンの『果てしなき反抗』に変えさせた。

三島さんがトイレに立ったとき、一番奥の席に座っていた全身をイッセイミヤケのプリーツで固めた女がスツールを降りておれのところに歩いてきた。グラボブの襟足を刈り上げた太眉メイク——ここらのデパートのハウスマヌカンだろう。好みのタイプだ。

「ねぇ、あなた三島さんの知り合い？」やたらに赤く塗った唇が動く。「お願いがあるんだ。あとで時間をくれないかって、彼に頼んでよ」

「おれにもいいことあるんなら頼むけど、そうじゃないならお断り」

三島さんといるといつもこうして女から声がかかる。三島さんは強面だし女にはメチャクチャ厳しいから直接声をかけることができないらしい。そんなとき、おれは自分の立場を最大限に利用した。50％の確率でやってくる「いいこと」を期待してさ。

ところがその晩の女は、思いっきりバカにした目でおれを見やがった。

好みのタイプって言ったの、キャンセル。

「ズブでいいよな。今日はボトルおごってやるよ」

トイレから戻った三島さんがスツールに腰を下ろしながら聞いてきて、どうしたんだろう、そう思いながら頷いた。だっておれはサテリコンには三島さん以外とは来ないし、三島さんのボトルはほぼいつも入れてあるからおれのボトルなんて必要ない。それ知ってるのに……。

おれの戸惑いをよそに三島さんは「ボトルとマジック」そうマスターに声をかけ、カウンターに出されたボトルを手に取り、手渡されたマジックでズブラ（スブロッカのラベルに書かれている牛のことだ）の頭の先、白の部分に「喜志」と書き、その横に「第一章」と書き、しばらく眺めてからおれにくれた。

え？　なんのこと？

「ありがとうございます。いただきます。でも、第一章ってどういう意味ですか？」

封を切ってトニック割りをふたつ作りながら訊ねる。

「ここから始まる、ってことさ。映画が決まったんだ」

グラスを上げながら陽気な調子で三島さんが言う。

そうか！　そうか！　だからボトルか！

三島さんは、これまでも独立系プロダクションが創る映画のストーリーとは直接絡まない役柄で10作くらいに出ていたけど、その三島さんが第一章って書いて、ここから始まるって明るく言ったってことは、間違いない。ついにメジャーに行くんだ！

「おめでとうございます。ついにメジャーですか！」

おれは興奮しながらグラスを合わせる。

「ありがとう。実は、そうなんだ」

三島さんは照れ臭そうに映画の内容を話してくれ、聞いたおれはさらに興奮。だって監督が当時売り出し中の若手で、役柄が準主役。制作&配給がアート系でブイブイ言わせている映画会社で、主役がスーパー大物って言うんだから、いまの時点でこれ以上はないって大抜擢だ。やった！やった！　やったぜベイビィ！

「スゲェ、スゲェ、スゲェじゃないですか！　その面子なら大ヒット間違いなしですよ。やりましたね三島さん、これで一気に三島さんもメジャーだ」

「あの映画会社にしてはあまりにもビジネスライクな臭いがして正直あまり乗り気じゃなかったけど、ま、ここはチャンスに乗ろうと思ってな」

「当たり前じゃないですか。メジャーですよ、メジャー。それに三島さんならビジネスライクな映画でも平気でノワールにできますよ。いやスゲェ、スゲェ！」

あまりに嬉しかったから、おれはついずっと言えなかった言葉を口にした。

「おれは役者やめるけど、三島さんの芝居はずっと見続けますから」

その瞬間、バーの気温がスッと下がった。

三島さんがゆっくりとおれの目を覗き込む。

「……初めて聞いたぞ？」

すぐに視線を外した。

三島さんの眼の力に耐えられるわけがない。

「やめます。事務所のマネージャーにはもう伝えました。三島さんには役者としてのコツをたくさん教えてもらったのにスイマセン。でも、教わったことはたくさんおれの中で生きています。ムダには全然なってません」

一気にしゃべって、おれは残りのビールを一気にあおった。

「理由は?」

冷えた三島さんの声。

左頬が三島さんの視線を感じてジンジンする。

どう言えばいいんだ。自分でもまとまりきっていないのに……。

「えーと、その、おれ、三島さんに憧れて、おれもおれらしく生きたいって思い始めて、なにがおれらしいのかって考えて、わからないから代わりになにしてるときが一番幸せなのかって考えて、そしたらおれを起点とした波紋が広がっていったときだって思って、つまりおれが作ったものの、おれが書いたもの、おれが演じた舞台、それになにかを感じてくれた人の輪が広がっていったときで、それは単純に数の話で、50人より100人、100人より1000人、1000人より1万人におれの波紋を広げたくて、だとすれば役者はちょっと違うって思って、だから、もっとマスに影響を与えられる道に行きたいと思って……それにおれ、三島さん見てたらおれなんて役者続けられないって思って、おれなんて三島さんに比べたらカスで、追いつくことなんて到底できないし、それに少し芸能界覗いておれには合わないって思って……」

「つまり、おれのせいってことか」

しまった。ケツの穴がぶるっと震えた気がした。

「違います！　おれが勝手にそう思っただけで全然三島さんのせいとかじゃなくて」

「じゃあどうして半端で投げ出す。

おまえ、世の中、ナメてんのか？」

「ナメてません。おれはおれの人生を生きたいだけです」

「どうやって？　なにやりたいの？」

「……あの、おれ、デザイナーになりたんです。身体で表現するんじゃなく、頭と手で表現していきたいんです」

「ほぉ、デザイナー。いいじゃん」

「あ、ありがとうございます」

「ついでに聞かせてくれよ、芝居捨てるほどのデザイナーへの想いってやつ」

そこでまた言葉に詰まった。

ない。想い、なんて、ない。

確かに、デザイナーになっておれのデザインしたものが世界中に広まったら気持ちいいだろうな、と考えることはあったけど、それはなんとなく考えていただけで、デザイナーって言ってもなんのデザイナーになりたいかさえ決まっていなくて、だから「想い」なんて、なくて……。

目の奥がツーンとしてきた。

「いや、一応美大に行ってたわけですし、だったらそれを活かすのも手かなって」

ガツン！

三島さんがグラスをカウンターに叩きつける。

「ハンパでやめたんだろ、その美大」

「え、えーと、カネが続かなくなったから」

多摩美は受かってしまった時点でモチベーションが落ち、それに学費も高くてとてもバイトでは追いつかなかったし、だから学費未納の除籍になっていた。

「じゃあ、劇団は？　優勝して、それでどうしてやめたんだ」

銀座みゆき館主催大学演劇フェスティバル。優勝した直後に劇団を抜けた。

「コラムは？」

続けていなかった。やめて欲しくないと編集さんには言われたけど、しばらく続けたら新鮮味がなくなり面倒くさく思えてきて、しばらく充電ということで休筆していた。

「おまえはいつだってそうだ。すべてがハンパ。力があるのに途中で自分で満足してやめてしまう。どうして続けない？　続けることを、しがみつくことを浅ましいと思ってんのか？　じゃあこの年まで芝居に執着してるおれはなんなんだよ、おい」

違う、そうじゃない。どう言えば、どう伝えればいいんだろう。

「違います、三島さん、そうじゃないんです。すいません。うまく話せなくて三島さんを不快にさせてごめんなさい。おれ、本当に三島さんを尊敬しています。三島さんに色々教えてもらって、おれも三島さんみたいな生き方したくなって、じゃあなにしていこうっておれなりに考えて、それがなんなのかまだ全然わかってないけど、すいません、役者じゃないって思ったんです。三島さんのことも、役者のこともバカにしてるわけじゃありません。ただ自分は違うって思ったんです。けど三島さんの言う通りです。おれ、なにやっても中途半端です。せっかく三島さんに……三島さんが……」

それ以上は言葉が出てこなかった。自分で自分が悔しかった。自分がすごく汚くて小さい人間に思えた。もうここにはいられない。おれは三島さんにふさわしくない。

小さく頭を下げて、席を立ち、バーを出る。

たったこれだけのことに体中の力を振り絞らなきゃいけなかった。

小路に出たおれは放心したように花園神社に踏み入り、暗闇を見つけてその中で泣いた。

もう中途半端はやめようって決心するまでその中で泣いた。

次に始めることはやり続けよう。絶対、なにがあってもやり続けよう。

半端なおれと決別する。おれは声を殺して泣き続けた。

どれくらい泣いていたんだろう。

顔を上げると暗闇の横に三島さんが立っていた。

「責めるつもりはなかった」

バカなおれ。

三島さんが追いかけてきてくれただけで暗闇が吹き飛んでいた。

「おまえはおれに才能があるって言うが、おれからしてみればまったく逆だ。おまえにこそセンスがある。才能がある。おれが認めてやる。だから、ハンパはもうやめろ」

三島さんがおれにスーツを差し出した。

「役者やめるんなら就職活動やれよ。ひとつをやめるんなら、3倍以上の新しいことを始めなきゃいけない。そうしないと人は腐っていく。それに就職活動は、いましかできないことだ。そのときにしかできないことは全部やっとけ。やったことだけが嘘をつかない。やったものだけにチャンスの神様は微笑んでくれる。だから、できることがあるなら、できる間に全部やれ。ちょうど車に積んでたスーツ、おれのお古だけどおまえにやる。これ着て一流企業をシバいてこい」

三島さんのスーツ。

前におれが欲しがったギャルソンの紺。

「おまえまだ時間はいいんだろ。もう一軒行こう。つき合ってくれるよな?」

おれは深く頷いて、それから東亜会館の中にあるプールバーに行った。けれど生憎その日は超満員でなかなか台につけなくて、だからおれも三島さんもテンションが上がらず、ずっと変な空気が漂ったままだった。

「就職活動、頑張れよ。おまえならできる。朗報、待ってるぞ」

終電ギリギリになって帰ろうとするおれに、三島さんは最後、そう言ってくれた。

4

三島さんに言われたから。おれは初めてスーツなんてものを身にまとった。

就職活動なんてクソ喰らえだが、三島さんが喜んでくれるならおれはやる。

三島さんを喜ばすために内定をメチャクチャたくさん取ってやる。

となるとまずは広告代理店だな。三島さんが認める才能を持つおれが受けるんだ。クリエイティブを売りにしている広告代理店が断わる道理はない。軽くチョチョイと内定確保だ。よし、やってやる！

おれは苦いクスリでも飲むように、首にネクタイを巻きつけた。

ところが……。

「さて、先日は当社の採用試験に御出席いただき、誠にありがとうございました。慎重に選考させていただきました結果、誠に残念ではございますが、今回は採用を見合わせていただくことになりました。せっかく御応募いただきましたのに御期待に沿うことができず、大変恐縮に存じております。あしからず御了承くださいますようお願い申し上げます」

受けたすべての広告代理店からほぼ同じ文面の便箋が郵送されてきた。電通からも博報堂からも、東急エージェンシーからも旭通信社からも、大広からも第一企画からも、マッキャンエリクソンからもジェイ・ウォルター・トンプソンからもスタンダード通信社からも。

あり得なかった。

おれのセンスと才能を一番活かせると踏んだ広告業界がおれを認めないって、一体どういうことかおれにはまったく理解不能だった。フジテレビも日本テレビもNHKも朝日新聞も読売新聞も不採用通知を送ってきた。しかも筆記試験で落とされた。キユーピーとサントリーと、ワールドとファイブフォックスとマリークヮントは一次面接で落としやがった。

話にならない。

ひとつふたつ落とされるなら納得がいくが、受けた会社全部から不採用通知を送られたとなると、これはもうなにかの陰謀としか考えられない。陰謀でなければ、世間の会社はセンスや才能が嫌いってことだ。能力のある人間を一人入れてしまうと、他の新入社員とのバランスが崩れるから、欲しくてもおれをとらない。これは考えられる理由。もしくは、おれをクリエイティブに入れてしまうと、いま一線にいる人間を軽く超えてしまうのでそれが会社的にマズい。これもあり得る理由。

じゃあ、募集要項に「センスと才能のある人お断り」って書いとけ、クソが。

クソが……と、やさぐれていたおれのもとに、やっと光が射したのは10月も半ばになる頃だった。資生堂にクリエイティブ希望で出した履歴書が書類審査を通過し、一次面接も初めて通ったのだ。で、明日がいよいよ二次面接。

ここで決めてやる、資生堂ならネームバリューに不足はない。となれば、まずは銭湯。化粧品屋へ行くのに不潔はダメだ。けどあまり早く行くとそれから汗かいて意味なくなるから閉まるギリギリの時間狙って行って、必要以上に気合いを入れて身体を洗った。これで万全、明日に備えて早めに寝るかと布団に入ったそのとき、畳に転がしてある黒電話が鳴った。

前の週末、ナバーナでナンパした超絶好みの子に電話番号を教えてたから、よしキタ！　って一瞬上がったけど時計を見ると0時過ぎ。初めての電話をこんな時間にしてくるわけはない。ツレからの誘いの電話だったとしても上りの終電には間に合わない。

ってことは……明日に備えてスルーが正解。長電話につき合わされたらそれこそたまらない。

ところが、その電話はしつこく鳴り続けた。

もしかしたらどこかでなにかあったのか、心配になったおれは受話器を上げる。

「寝てたか？」

三島さんだった。

チクショウ、と、瞬間的にそう思ったぜ。

資生堂と三島さん、天秤にかけろというのかよって。

「あ、三島さんこんばんは。お久しぶりです。まだ寝てません、起きてたから大丈夫です。でも、今晩は出られないですよ、もう上りの終電出ちゃったから」

本当は資生堂の面接が気になってるくせに、よく言うぜ、おれ。

「いや、今日は誘いじゃないんだ」

これまで三島さんから電話があるときは、必ずなにかの誘いだった。

飯や飲みや芝居や、誘ってくれる場所は色々だったけど、いつもなにかの誘いだった。

「じゃあ、今日は一体どうしたんですか？」

天秤かけなくて済んだことにかなりホッとしながら、初めての展開にびっくりで不信感丸出しの詰問口調になってしまった。

「なんだよその言い方、おれは誘いがなくちゃおまえに電話できねぇのか？」

三島さんが笑って返してくれて、助かった。

「いやいや、全然そんなことありません。電話もらって嬉しいです。じゃあ、秋の夜長ですし、女子みたいにグダグダしゃべりましょうか」

おれも就職試験連続不採用で心がやさぐれてたから、三島さんとしゃべるのは大歓迎。言うだけ言って大いに笑って、嫌なこと全部流そうって布団から這いずり出て、ステレオのスイッチを入れた。BGMはそうだな、アン・ピガール……いや、それはちょっと暗すぎるから、うん、ペンギン・カフェ・オーケストラにしよう。


それからおれと三島さんは、話題をあちこちに飛ばしながら気楽にしゃべった。

ロスアンジェルスオリンピックが始まったその日に閉店したピテカンのこと。その流れで桑原茂一の話になり、スネークマンショーが前の年に出した『ピテカントロプスの逆襲』に小林克也が参加してなかったから仲違いは真実だろうって話。朝日ジャーナルで始まった「若者たちの神々」の第一回目が浅田彰で笑ってしまった件。フィリップ・グラスが音楽を担当した『コヤニスカッティ』の圧倒的な映像美。ラフ・トレードやクレプスキュールの新盤の寸評。"You Think You're a Man" をヒットさせたディヴァインがクラブツアーを始めたこと。ジョージ・アレック・エフィンジャーのサイバーパンクな世界観。レッド・グルームスの個展。所属する事務所のゴシップから最近ナンパした女の話まで、思いつくままに話をした。三島さんはご機嫌だった。

ふと話題が途切れた瞬間。電話の向こうに『天国への階段』が聞こえた。

へぇ、三島さん、ツェッペリンなんて聞くんだ、そう言うとした矢先。

三島さんが、陽気に言った。

「色々ありがとな。最期におまえと話せて、愉しかったよ。つき合ってくれて感謝している。つき合いついでにもうひとつ、最期のわがままだ。おれ、これからナイフで頚動脈切るから。そこでおれが死んでいく音、聞いててくれ。それからな、おまえは、おれみたいに負けないで欲しい。おまえの星をおまえらしく生きてくれ」

ゴトリ

受話器が床に転がる音がした。

シューシュー、とガスが漏れるような音がした。

その向こうで、なにを言ってるのかまったく聞き取れなかったけど、あるいはおれが覚えてないだけかもしれないけど、なにかを言ってる三島さんの声がした。

そして、そのまま、三島さんの声は消えた。

まさか……冗談だろう？

「三島さん、もういいですよ。おれ、かなりビビってますから。三島さん、三島さん！」

最後は叫んだ。何度も叫んだ。でも三島さんは戻ってこない。ただただ不気味な無音だけが電話口の向こうに広がっている。身体が震え始めた。なにも考えられなかった。なにも考えずに受話器を置こうとした。置こうとして受話器を握りしめた右手が硬直しているのに気がついた。左手で右手を開こうとした。すぐには開かず力を入れた。力を入れて、力を入れて。すると「うおおおおおおおおおおお」、声が聞こえて右手が開き、受話器が落ちる。一体誰が叫んでるんだと考えて、それが自分の声だとわかって、そしたら思いついた。おれは行かないと、三島さんのところへって。けど、どこだっけ？　三島さんの家ってどこだっけ？　おれは三島さんの家に行ったことがない。三島さんのプライベートはなにも知らない。いや、住所は聞いたことがある。確か手帳に書いてもらったはずだ。カバンから手帳を引っ張り出し、住所を探す。練馬区桜台……三島さんの字で書いてある。「三島さん、おれ、いま行きますから」受話器を拾ってそれだけ言って、電話を切って服を着替えたとき、そうだ通報、通報しなきゃって思って、警察かそれとも消防かって考えて、違うだろ、三島さんが死ぬわけないんだ、きっとこれは冗談だって思って、おれが通報なんかしたら三島さんに迷惑かかるし、それに通報したら冗談が本気になりそうで怖くて通報じゃなくてとにかく早く行くこと考えて、そうだ、カネだ。タクシーでいくらかかる？　カネ、カネ、カネ、とにかく部屋中のカネ集めて、だけど五〇〇〇円しかなくて、不安だから隣の部屋の住人たたき起こして一万円借りて、部屋を飛び出て、早稲田通りまで走って、そこで捕まえたタクシーの中、カネを握りしめておれは祈った。与えられた運をすべて引き換えにしてもいいから三島さんが生きているようにって。

「おまえ、信じたのか？　バカだなぁ、おれが死ぬわけないだろ」

三島さんの家についたら、三島さん、そう言って笑っているようにって。

部屋はおそろしく広いワンルームだった。

突き当たりの壁は大きな窓で、窓の脇にはスタンドが立っていて、右の壁いっぱいが作りつけの本棚になっていて、一部にはアカイのアンプやデノンのターンテーブルが組んであってその脇にはレコードも刺さっていたけどほとんどは本で、上のほうは棚板がたわむほどギッチリと詰め込まれていて、左の壁にはキングサイズのベッドがあって、なぜか枕はふたつあって、ベッドカバー代わりに大きなバティックがかけられていて、その前にはラウンジチェアとオットマンと黒い木の一枚板でできたローテーブルが置いてあって、全部が赤で、本棚は玄関に近いほうが赤が強くて、バティックはもともと何色だったのかはわからないほどで、ラウンジチェアとオットマンとローテーブルは赤と黒のマーブルになってて、けど赤は入ってすぐの左側にあったステンレス製のキッチンが一番酷く、シンクの中が真っ赤で、どうしてシンクなのに赤が流れないのか不思議で、不思議といえばテレビがないのが不思議で、三島さん、どうやってビデオとか見てたんだろうって思って、これは夢かって、現実ではないのかって、その割りには生々しくて細部まで覚えているけど、実のところその部屋を実際に見たのか、あとから写真で見せられたのか、それとも全部妄想なのか、わからなくて……。

覚えていないんだ。

タクシーの途中から記憶がなくっている。

いつタクシーを降りたのか、それからどうしたのか、三島さんに会ったのか、警察に連れて行かれたのか、その場に留まったのか、それでどこに向かったのか、いつ向かったのか、まったく思い出すことができない。

覚えているのは、強烈な赤のイメージだけ。

パトカーの赤色灯か？

壁に飛び散った血痕か？

部屋の真ん中で頸動脈を掻き切って血に塗れた三島さんか？

どうしていいかわからずに三島さんを抱き上げ、身体中を三島さんの血で染めて、言葉にならない声をあげるおれの姿か？

わかってる。
思い出さないほうが、おれにとって幸せなんだろ。
だから三島さん、三島さんが消してくれたんだろ。
だけど酷いよ。
星に生きろって言って、星になって。
そしたらもう、なにも聞けないじゃん。
おれはこれからどうしたらいい？
なぁ、三島さん、答えてくれよ。
おれはこれから、どうしたらいいんだよ……。

第2章

バブルの隅

5

三島さんのいない秋が行き、冬が来た。

おれは就職活動どころじゃなくなり、泣いて喚いて、酒やら薬やらに溺れまくった。

三島さんのいない新年が来て、干支が丑に変わった。

人としての機能を失い入院していたおれのもとに、所属していた芸能事務所のマネージャーが見舞いに来てくれ、「春になったらここに行けよ」と1枚の名刺を置いていった。

三島さんのいない冬が終わり、春になる頃。

なんとか退院し、名刺に書いてあった千駄ケ谷の事務所を訪ね、その場で雇ってもらえることが決まり、それでおれは晴れて就職。コピーライターになった。


日曜も夜中もない365日、24時間勤務。

ボスの机の裏のやっと一人が横になれるスペースがおれの寝床という、就職というよりは清々しいほどの丁稚奉公で、事務所の掃除やら洗濯やらボスの送り迎えやら肩揉みやら、おれに任されたのは腹立つ雑用ばかりだったけど、雑用に振り回されていると三島さんのことを考えなくても良かったし、生きている感覚が戻ってきた。

それにその事務所は、一流への登龍門と言われる「東京コピーライターズクラブ（ＴＣＣ）新人賞受賞者」を二年続けて出している実力派だったから学ぶものは無尽蔵で、七万円なんて時代錯誤もはなはだしい初任給と慢性的な寝不足にはまいったけど、雑誌、ポスター、新聞の広告に始まり、チラシ、パンフレット、商品カタログ、会社案内、展示会で上映するスライドの原稿、プロモーションビデオのナレーション、ラジオの構成台本など、言葉を必要とするありとあらゆる仕事の補佐をする毎日はすごく新鮮で、おれが生きる力を取り戻すことができたのは、まさにこの事務所の殺人的な仕事量のおかげだった。

おれを完全に覚醒させたのは、日本中を震撼させた事件。警察庁広域重要指定１１４号、通称「かい人21面相事件」だった。１９８４年、菓子に青酸ソーダ入れたって脅迫状を新聞社に送った、

けいさつの　あほども　え

ってヤツ。

おれは、その脅された菓子メーカーの、事件後初の新製品発表の仕事に関わることができたのだ。

成り行きはこうだ。

大手広告代理店（おれを落しやがったD通だ）は、毎年うちの事務所に菓子メーカーの新製品発表スライドとカタログを発注していた。うちの担当はエースの長野先輩。普通なら事務所に入ったばかりのおれなど出番なしだが、その年は事件後初ってことで代理店が気合いを入れ、スタッフ大増員指令が回ってきた。まずは頭数でクライアントを圧倒しようという原始的な作戦だ。だけど、ごめん。総員五名の弱小事務所に余分な人員などいるはずない。ボスは入社して日が浅くなんの仕事も持ってなくて時間があったおれをひと睨みしてから、おれの二年上の長野先輩にこう言った。

「しゃーないな、長野、明日の会議には喜志を連れて行け」

嬉しかった。数合わせとはいえ、デカい仕事の現場に出られる。そういう現場は刺激も多いから、おれの好奇心は大騒ぎだったし、そうでもなくても滅多にない緊迫した場所で、歴戦の猛者達がどんな仕事を推し進めるのか、生で見ることができるのは貴重な体験だからだ。本当メッチャ嬉しくて、初会議の前日などウキウキして眠れなくなり、寝酒にって事務所にあったブラックニッカを馬鹿飲みして瓶に全部戻すほど張り切って出かけたのに……。

醜さ以外にはなにもない、地獄絵図の会議だった。

冒頭の挨拶に立ったメーカーの、カメムシみたいな浅黒い顔の担当部長がまずいけない。

今度の新製品発表には社運がかかってる、なんてプレッシャーをかける中に、犯人を下手に刺激したらまた事件になるとの及び腰を織り交ぜる。売ればいいのか、売っちゃダメなのか、まったくわからない玉虫色の陣頭挨拶。

責任を被るのだけはなんとしても避けたい。わかってるだろうな。あくまでも責任は君たち。私に絶対火の粉を飛ばすなよ、おれにはそう言ってるようにしか聞こえなかった。

そして、それに賛同するD通のデブ。

営業部長かなんかしらないが醜悪だ。カメムシが一言発するたび必要以上に大きく頷き、時に「ほう」とかデカい声で驚嘆するとか、目が汚れそうな猿芝居。もう、それ以上はやめてくれ。

いや、カメムシやデブだけじゃない。全員だ、全員。

全員が会社のためでなく、ましてやお客のためでもなく、自分の安全確保のために会議をしている。当然、方向性なんて決まらない。丁寧な言葉で責任を押しつけ合う堂々巡りの空議論。

重くどんよりしていく空気を、なんとかしようと考えたんだろう。D通のデブが必要以上に明るく、カンに障るほどの大声で言い放った。

「皆さん、なにかいいアイデアはありませんか? 今回は大変難しい状況ですから、通常の倍のスタッフに集まっていただいたのです。どなたでも結構です。なにかアイデアのある方は積極的に発言をお願いします」

つまり、責任はそいつに被せようって魂胆かい。あきれるぜ、クソデブ。

「はい」

すると、D通のヤツらが陣取る一角の末席で手が上がった。見ると、不細工な坊主頭の男が手を挙げている。おそらくおれと同じ理由で連れて来られた新米だろう。

「お、若手が手を挙げてくれたか。どんな意見を聞かせてくれるんだい？」

おう若造、くだらないことを言ってクライアントの機嫌を損ねるんじゃないぞ、こっちに責任がくるのはもっとダメだ、わかってるだろうな、とおれにもわかる無言のプレッシャーをかけつつデブが言い、坊主頭が立ち上がった。背の低い男だった。

「確認ですが、事件を誘発することがなければ、事件を利用してもいいんでしょうか？」

坊主頭はデブを完全に無視してカメムシに聞いた。

「それは状況次第です。即答はできません」

素晴らしい危険回避能力。スゲェなカメムシ、と思っていたらデブも負けてなかった。

「ということだ。せっかく手を挙げてくれたんだが申し訳ない。着席してくれたまえ」

強引に坊主頭を座らせる。若手はルールがわかってないかもしれないから怖いんだろう。茶番もいいとこ、もう帰りたいよ。そう思って首を振ったら、坊主頭と目が合った。バカにするような、挑戦するような力のある目。「おいおい、一番くだらねぇのは心の中でしか毒づけないおまえだろ」と、その目は言っているようだった。

沸騰した。

図星だったから。

不安を考えるよりも前に行動すること、三島さんはそう教えてくれたのに。腹の中で悪態ついているだけなんて腐った大人以下じゃないか……自分が恥ずかしかった。坊主頭に見透かされたようで悔しかったし、この情況を打破するアイデアを思いつかない自分が情けなかった。なにがある？　坊主頭はどんなアイデアを言おうとしていた？　事件を誘発することなく事件を利用するって……そうか！　そういうことか!!

おれは真っすぐに手を挙げた。

「お、若手が積極的に手を挙げてくれて嬉しいです。どうぞ」

能面の青武悪《あおぶあく》を思わせる笑顔でデブが言い、おれは席を立った。

「ちょっと待ってください」と同じタイミングでカメムシの声。

「積極的な発言は嬉しいですが、私どもといたしましては個々の意見を吸い上げる時間はありません。まずは御社で意見をまとめ、方向性を決めた上でご提案をお願いします」

至極まっとうなご意見。クライアントの担当部長としても、保守を第一義とする個人としても。カメムシにこう言われてはどうしようもない。おれが意見を言うことはなく、散会になった。

「おたくの新人さんもやるね」

帰り支度をしていると、D通の社員がやってきて長野先輩に声をかけた。

「あ、吉住さん、お疲れさまです。いやぁ、こいつ入ったばかりのくせに手なんか挙げやがって、こっちは冷や汗ものでした」

先輩が答える。

「同じですよ、うちのもやりましたから。お互い気苦労が絶えませんね」

吉住と呼ばれた男は苦笑いを浮かべながら後ろに目をやる。そこに坊主頭。アップで見るとエゲツない不細工だ。

「今年、僕の下に入った加藤です。こちら、お世話になってる制作会社の長野さん」

「はじめまして。加藤です。どうぞよろしくお願いします」

不細工のくせにスーツはおそらくオースチンリード、靴は間違いなくクロケット&ジョーンズ。イヤミなほど隙のないブリティッシュトラッドに身を包み、両手で名刺を出しながら先輩に頭を下げる。

嫌いなタイプ。

なんだよ、不細工のくせにエリートぶりやがって。

それに、さっきコイツはおれを見下した。

そんなヤツと挨拶したくなくて、おれは先輩から距離を取った。

なのに。

「よろしくお願いします、長野です。こいつは――」

名刺を受け取った先輩は、吉住のほうに向き直り、おれをアゴで差しながら言う。

「うちの今年の新人の喜志です。一応、上智を出てるんですけど、学歴なんか関係ないってこれからおれが教えていきますんで、よろしくお願いします。おい、ご挨拶しろ」

日頃から高卒を気にしてる長野先輩がこう言うってことは、吉住も相当な学歴コンプレックスがあるんだろう。で、ネチネチ言うに違いない、たまんねぇ、こういうのは根が深いからマジたまんねぇ、などと考えながらも「喜志です。よろしくお願いします」と明るく名刺を交換した。

それから、限りなくイヤだったけど、挨拶のために加藤のほうを向く。

「はじめまして。慶応出身の加藤です。よろしくお願いします」

坊主頭はそう明るく言い放った。

バカなの？　コイツ。

吉住の学歴コンプレックスを知らないわけないだろうに、わざわざ墓穴掘るようなこと言って。

いや、バカだ、きっと。

でも、ははははは、最高じゃん。

「喜志です。多摩美にも二重学籍で行ってました。よろしくお願いします」

さっき沸騰したことなんてスッカリ忘れ、おれは嬉しくなって名刺を出し、交換後、勢いあまって右手まで差し出した。加藤は一瞬だけ戸惑い、でも口の端に微笑みを浮かべて握り返してきた。

「おいおい、そんなアメリカンな挨拶、日本でやらないでくれよ」

拗ねた感じで吉住が言い、先輩がおれの頭を叩いた。

結構力が入ってて耳の奥がキーンと鳴ったが、おれはいい気分だった。

6

それからというもの、おれと加藤はそのクライアントでよく一緒になった。

どちらも先輩のお供だったから直接話すことはなかったが、それでも一緒に会議に出ていれば加藤の能力の高さはわかった。話をまとめるのも、アイデアも出すのも常に加藤だったからだ。

けれど不思議なことに加藤は、それを全部、吉住がやっているように振る舞った。

なぜなんだ？

人間関係はうまくいくだろうけど、自分のアイデアを人の功績にするなどおれには耐えられない。それを平然とやる加藤。おれは俄然興味を持った。


そんなある日。

たまたま書類を提出するだけの仕事がありクライアントに行くと、同じ用件で来ていた加藤とかち合った。時間は19時過ぎ。仕事がたまっていたから一刻も早く帰るべきだったけど、一度ちゃんと話がしてみたくておれは加藤を飲みに誘った。

加藤も同じだったんだろう。公衆電話に寄り会社に報告を入れ、ずいぶん長く話したあと、よし行こうか、と笑顔を返してきて、おれたちは駅裏の居酒屋に入り、生ビールを頼み、つまみに枝豆とシシャモと焼き鳥の盛り合わせを頼み、ほどなく出てきた生ビールで乾杯をした。

「早速ですけど喜志さん、質問いいですか？　すごく気になってることがあって」

不細工な加藤が不細工な口にビールの泡をつけ、さらに不細工になった顔で聞いてくる。

「なんですか、答えられることならなんでも答えますよ。というかその前に、敬語やめません？　僕ら歳も近いし、敬語だと疲れちゃうんで」

おれが言うと、加藤は数秒考え「それもそうだな」と返してきた。

「おまえとは繋がっていきそうな気がするし、というか繋がっていきたいと思っていたし、タメ口でいくか。ただし会社関係で会うときは敬語にしてくれよ。色々うるさいんでな、うちの会社」

「わかってるって。心配するな。で、なんだよ、聞きたいことって」

おれが手を振ると、加藤は神妙な目をして口を開いた。

「おまえ、初めて会った会議のとき、手を挙げたろ。なに言うつもりだったんだ？」

「あれか……あまり言いたくないんだけどな」

「言えよ」

「あのとき、おれを見たろ」

「あぁ、あの中でおまえだけがイライラした目をしてたからな。そんな目をしてるヤツなら、あのくだらない会議を爆裂させてくれるんじゃないかって期待したんだ」

「こっちこそおまえに見下された気がしたけどな」

おれは意地悪っぽく言った。

「嘘だろ、期待を込めて見たぜ。おれの眼力は男には通用しないってわけか」

眉毛を動かし、目をギョロギョロさせて笑わせる加藤。おれの心が溶けていく。

「実を言うとおれな、おまえの発言聞くまでアイデアなかったんだ。事件を誘発することなく利用するってヤツ」

「でもおまえは思いついた。な、話してくれよ。おれの思いついたアイデア以外の選択肢を知りたくてウズウズしてたんだ」

「わかった。話すよ、その代わりあとでおまえのアイデアも教えてくれよ」

返事の代わりに加藤がジョッキを持ち上げた。

おれは自分のジョッキを軽くぶつけ、姿勢を正した。それが礼儀だと思ったからだ。

「おれはこう考えた。売ると問題が出るけど、消費者や販売店から欲しがられる分にはなんの問題もないって。つまり『売ろう』を捨てて、『欲しがらせる』という視点に立つわけだ。欲しがらせる方法ならたくさんあるだろ？　だって世間には事件の記憶が残ってるし、メディアだって関連情報バンバン流してんだから」

「確かに。毎日そのニュースだ」

加藤が串にひとつだけ残っていた鶏肉を口で引き抜きながらあいづちを入れる。

「それを使うんだよ。たとえばさ、『安全確保上、新製品は工場出荷前に全品ダブルチェックを行う。そのため出荷量が大幅に減る。だから店頭に並ばないかもしれない』なんてお詫びの広告を打った上で、わざと品切れ状態を作ったらどうよ。その様子をメディアに取材させ、品薄をアピールする。これは間違いなくニュースになる。そこで品薄を大袈裟にアピールするほど、より売上は上がるだろう。日本人の判官びいき体質を考えたら間違いない。同時にイメージアップにもなるし。ってまぁ、こんな感じだ」

おれはアイデアを一気に話した。

「嘘だろ……」

途中からビールを持つ手を止めて聞いていた加藤が、ぽつりと言った。

「なんだよ、どうしたんだよ」

「ほぼ同じなんだ、おれの考えていたことと。ははは、なんだよ、これ。ははは、愉快だな。ははははは、おい喜志、乾杯しようぜ！」

残りのビールを一気に飲む加藤。

慌てておれも飲み干し、新しいビールを注文し、もう一度乾杯した。

さっきとは温度の違う乾杯だった。

「なぁ、加藤。おれからも質問があるんだ」

乾杯のビールジョッキを置いておれが聞く。

「どうぞ」

アルコールは強くないのか、真っ赤な顔で加藤が言う。

「おまえ、自分が考えたことでも吉住さんの手柄にしてるじゃん。あれはどうしてだ?」

「逆に聞きたいね。不思議か?」

「あぁ、不思議だ。おれには信じられない。なんで自分をアピールしない?」

「アピール? 誰にだ、吉住さんか? あんなのに認めてもらってどうなる? なにもなりはしないだろ。もっと上の、もっと力のある場所に行かないと。そのためにならおれはなんだってやるさ」

「上に行ってどうするんだ」

「決まってる。世間をぶちのめして天下を取ってやるんだ!」

その言葉と同時に加藤はジョッキをテーブルに叩きつけ、置いてあったシシャモが皿の上で跳ねた。

「話せよ、おまえがどうしてそう思ったのか」おれは言う。

「長ぇよ」加藤は答える。

「終電まではまだ四時間以上あるぜ」

おどけて言うと、加藤は「ふぅー」大きく息を吐き出し、それからまず、自分のことについて語り出した。

7

名前は、加藤朗《かとうあきら》。

実家が北鎌倉にあり、趣味はクリケット（どういうスポーツかおれは知らない）。

幼稚舎より慶応で、商学部を卒業すると同時に日本最大の広告代理店に入社。

父親が書斎代わりに使っていた松涛の3LDKに一人暮らし。大学在学中に留学したオックスフォードにかぶれたため、ガチガチのブリティッシュ・トラッドを貫いている。愛車はアンスラサイトのミニ・メイフェア。

そんな毛並み美しき血統なのに、会って話している分にはエリート独特の臭みがまったくない。至って普通な感じ。というか、普通より優しい雰囲気を漂わせている。街中で肩が当たって思いっきり怒鳴りながら振り向いた相手を、目が合った途端に落ち着かせるような柔らかさ。

加藤の容姿がそうさせるのだ。160センチに届かぬタッパに短い手足がついている様は、心理学でいう「ベビーフェイス効果」を相手に与える。人は赤ちゃんを思わせるものには無条件の好意を抱く、っていうやつだ。そんな〝可愛い〟体躯のてっぺんにヒキガエルのような不細工顔が乗ってるのが、またヤバい。人は自分より劣っている者に対して寛容になるからね。スペックで負けたと感じても不細工顔を見た瞬間に「しゃーねえな、友だちになってやるか」と感じてしまう。不細工だって使いようだ。

さらに言うなら加藤はよくモテた。

正確に言えば、相当の女たらしだ。

ストリートだろうが、ディスコだろうが、加藤が声をかけるとほぼ100%女は誘いに乗ってきて、かなりの確率で松涛のマンションで朝を迎えた。おれが声かけると逃げるばかりの小娘が加藤には身体を開くんだから、まったく女は意味不明。

加藤曰く、ここ五年に渡って一年で50人の新規開拓を自分に課しているらしい。まったくそれがなんの修業になるんだか……と思っていたら、実際それがあとになっておれたち二人に大きく影響してくるんだから、世の中っていうのはわからないものだ。

そんな加藤が語った夢。

「おれの父親は国会議員なんだ。息子のおれが言うのもなんだが、カネに汚い国会議員で、だからおれはこの国の汚いシステムを小さい頃から見続けてきた。たとえば、そうだな、国が新しい法律を決めるとする。法律に従うためには新しい規格の商品が必要だ。公平感を出すために、商品の製造業者選定は入札にするだろう。でも、製造に必要な規格をギリギリまで公表しなかったらどうなる？　その裏で、カネを持ってきた業者には早くから情報を流していたら？　準備期間が数ヶ月の業者と数週間の業者、どちらが有利かなんて考えるまでもないだろう。

それでも、そうしてカネを儲けるヤツらが本当に才能や情熱に充ち満ちていて、この国を正しい方向に導いてくれるならいいんだ。実力者がカネを稼ぐのは当たり前だ。おれが許せないのは、いまカネをたらふく貯めこんでいるほとんどのヤツらが『自分のことしか考えていない』ってことだ。自分さえ儲かるなら、平気で国を切り売りする。おれはそんな日本を正したい。

だけどおれは知ってるんだ。それをやるにはまずカネがいるって。おれは不細工だから特にね。いや、いいよ、なぐさめは。オヤジを見てれば息子はわかるものさ。オヤジは人として圧倒的に魅力がない。自分のためのパーティですら、人に埋もれてどこにいるかわからなくなるからな。だからオヤジはカネを操ることを選んだ。カネを操れば、人は集まってくるからさ。カネは強いよ。大きなものを動かそうと志すなら、まずカネだ。カネに媚びなくていい状態になれて初めて理想は理想として成り立つ。カネのない理想は酒の肴でしかない。カネがないと実現できないか、いつかカネに食われてしまうか、そのどちらかでしかないんだ。おれはそれを教えてくれたオヤジに感謝してるし、ケタ外れのカネへの執着については尊敬もしている。

おれも、行く行くは政治家になりたい。でもオヤジの後継者はダメだ。オヤジはまだまだ元気だし、秘書も後釜を狙ってる。というより、おれの理想を追求するのにオヤジの地盤は邪魔になる。おれは自分の力で当選して、おれなりに日本を正したいんだ。となるとカネが必要だ。唸るほどの大金が……。

だったら、どうする？　おれみたいな若造がどうしたら大金を掴める？

『情報』しかないだろ。他人より早く、確実にカネになる情報を手に入れるんだ。そんな情報が流れる場所はどこだ？　政治、資産家、アンダーグラウンド……じゃあ、その接点は？　おれは考え、なんでも屋の広告代理店を選んだ。カネ貸しも魅力的だったが、アンダーグラウンドに近いのはオヤジ的にアウトだからな。でも、いまの会社で良かったと思っている。欲しいモノは揃ってるし、上のヤツらは腐ってる。行けるんだ、頑張れば上に。おれはここで人脈を築き、情報を手にし、カネを作って天下をとる。この世の中、なんだかんだ言ってもカネが力だから……」

フザケルナ!!

加藤の言葉が終わるのを待てず、おれは大声を出した。

店中の客がおれたちを見るが、関係ない。

カネが力とか、フザケルナ、フザケルナ、フザケルナ！

「カネが力とか、フザケルナ！　カネに狂いやがって！　おれはな、センスと才能だけでそういう奴らを潰すんだ。カネグルイのマネーマッドを潰すんだよ！」

「おい、どうしたんだ、落ち着けよ」

加藤がアタフタと席を立ち、おれの側にやってきて肩に手をかける。

「うるせぇ。カネがないと始まらないとか、フザケルナ！」

その手を振り払い再び怒鳴るおれ。

「わかった。わかったからまず落ち着け。いま、水もらうからそれ飲もう。スイマセーン、お水一杯お願いします！」

加藤が声を裏返らせて叫ぶ。

それを聞いた途端、沸点に達してた感情が急速に冷え、鼻から笑いが抜けた。加藤朗の天賦の才。

「ホラホラ、喜志、水が来たぞ。グッと飲め、な、な、な、な、な」

加藤、おまえ針の跳ぶレコードか。

おれは完全に毒気を抜かれ、そうなると取り乱した自分が恥ずかしくなり、運ばれてきた水を一気に飲んで、小さな声で加藤に謝った。

「ごめん。怒鳴って、悪かった」

「ビックリしたよ、突然だもんな。なんなんだ、一体。あ、ひょっとして、日本の政治家の実態を初めて知ったとか？」

顔の前で手をヒラヒラやりながら、ふざけた調子で加藤が言う。

「本当、悪かった。実はおれ、あることが原因でカネを憎んでる。カネなんかクソだと思ってる。だから、カネの力をポジティブに語るおまえに腹が立ったんだ」

「話せよ」素っ気なく加藤が言う。

「長ぇよ」その素っ気なさに感謝しつつおれが答える。

「終電までにはまだ三時間以上あるぜ」

加藤が不細工なウィンクを繰り出しながら言い、おれは三島さんの話を始めた。

8

「三島は自分を売ったんだ。例の映画の準主役を取るのに相当なカネを使ったんだよ」

「そのカネを作るのに、為替だか先物だかで無理な相場張って大きな損失を出し、ヤバい筋からかなりの金額を借金したっていうじゃないか」

「それで彼女を風俗に沈めたんだ。利息の肩代わりとして」

「カネだけじゃない。ホモだって噂のあの映画のプロデューサーに、アイツは毎晩、ケツの穴貸したってさ」

「あの妖怪ジジイにだぜ！」

「そこまでしてメジャーになりたかったのかね」

「本当は自分も愉しんでたんだよ。突っ込まれ過ぎて、ちょっと頭おかしくなってたって聞いたぜ。ジジイはしつこいからな」

「でも、カネもらえて、役もらえて、アイツには、いい夢だったんじゃないか？」

「結局はメジャーになりたい貧乏人が、自ら招いた破滅ってやつか」

「身の程知らず。だから最期にトチ狂って自分で首切った」

「だけどアイツにとっては幸せだろう。きっとあっちでいい夢見てるさ」

三島さんがいなくなったあと、おれの耳に入ってくるのはそんなクソみたいな話ばかりで、もちろんいなくなった三島さんの悪口をウキウキと話すカスは殴りつけたし、そんな言葉など信じちゃいけないとわかりつつ、それでもおれはこの言葉たちに強烈にシェイクされ、いつしかこう信じ込むようになっていた。

カネが三島さんを殺した、と。

だからおれは復讐する。

カネに。カネグルイのマネーマッドに。

頭と才能をフルに使って日本中がガタガタするほどの功を成し、桁を数えることができない額のカネをつかみ、そのカネで必ず復讐してやる。

おれは負けない。

絶対に負けない。


おれが三島さんの話をする間、加藤は黙って聞いてくれた。

その沈黙は心地良かったが、話し終わってもなにも言わない加藤の表情が「おまえとは友達にはなれないな、楽しい時間はこれで終わりだ」と雄弁に語っていた。

けれど、だとしても、おれは加藤に三島さんの話をしたことを後悔してない。

むしろ感謝していた。

自分の中で、自分の行く道が改めて明確になったからだ。

「なぁ加藤、おれとおまえは種族が違う生き物のようだが、少なくとも今日は話せて楽しかったよ。話、聞いてくれてありがとう。それから怒鳴ってごめんな」

おれは最後の乾杯をしようとジョッキを上げた。

「おまえの考えはわかった」

軽くジョッキを合わせ、底のほうに残っていたビールを一気にあおった加藤が、おれの目を真っすぐに見て言った。

「見せてくれないか、そのおまえの復讐を。おれが信じるカネの力に、おまえが信じる頭やら才能やらが本当に勝てるのか、おれは俄然見たくなったよ。喜志、おれに見せてくれよ、おまえの復讐。そのための協力はなんだってしてやる。おまえ、おれを信じれるか?」

加藤がそう言ったとき、いつかと同じく体温が上がった気がした。

体温が上がって身体がブクッと膨れた気がした。

「初めて話したのに、不思議だな。おれはおまえを信じられる」

「よし決まりだ」

加藤がおれの前に右手を出す。

ありがとう、加藤。だけどおれは、その手を握ることはできないよ。

「ありがとう、加藤、初めての飲むのに、そこまで言ってもらって感謝してる。だけど、ごめん。その手を握ることはできないよ」

自分の中でどんどん体温が上がるのを感じながら、おれは話した。

「いまのおれに力がないから。なにをすれば日本をガタガタ言わせられるのかのアイデアもないし、仮にアイデアがあったとしても成功まで持っていけるスキルがない。だから、加藤、おれに一年くれ。その一年でおれは力をつけてみせる。そのとき改めて握手させてくれ」

「やっぱり、おまえはおれが思った通りのヤツだ。いいよ、待つよ。その待ってる間、おれはなにをすればいい？」

「チャンスのありそうな話を集めて欲しい。一年後、そのチャンスを全部おれにくれ。おれが、おれの頭と手で全部成功させてみせる。それで、どうだ？」

「パー出せよ」

「え？」

「握手できないんだろ？　だったらここはハイファイブだ」

そう言って加藤は右の掌を自分の頭の高さに上げた。

あぁそれ、ハイファイブっていうのか、と思いつつ、おれも右掌を頭の高さに上げる。

「よろしくな、バディ」

加藤の言葉に合わせておれたちはお互いの掌をぶつけ合った。

バチン！　と、とてもいい音がした。

9

それからのおれのこと。

千駄ケ谷でコピーの仕事を一通り身につけたのち（かなり引き止めてもらったことに感謝し

つつ）、南青山の広告制作プロダクションに移った。デザインを覚えるためだ。ロットリングで、1ミリの中に10本の線を引く。印画紙に写植を焼きつける。台紙に貼られた写植文字をカッターナイフとピンセットで切り貼りする。地味で単調な技の世界。おれは耐えた。早く先に進みたい気持ちを殺し、基本を身体に叩き込んだ。

半年後、基本が身体に滲みたところでまた転職。

場所は乃木坂。

社長の他にスタッフはおれだけっていう、正真正銘のミニマムユニット。給料が少ない代わりにバイトは自由。会社の仕事さえ納期通りに仕上げれば、あとは自分の思うように自分の時間が使えた。それに、社長は経営者兼主婦で子持ちだったけどやはりTCC会員で、しかも凄腕コピーライター。業界のトップクリエーターやミュージシャンとも親交深く、そこも魅力でおれは喜んでお世話になり、おれの中に力をためた。

そして、一年後。

約束の居酒屋で再び加藤と飲み、今度はしっかり握手をした。

加藤はチャンスを作ってくれていて、初めは原宿ペニーレーンでのパーティオーガナイズや、知り合いの店の空間コーディネイトや、雑誌へのコラムの掲載といった小さなところから話を

振ってくれた。（当然なんだが、おれの力を試すためだ）
もちろん、おれはそのすべてで結果を出し、加藤の信頼を得ていった。

ナイスなことにそのタイミングで、東京に面白い「箱」が次々にオープンした。

4月に「第三倉庫」が新宿の花園神社にでき、12月には「インクスティック芝浦ファクトリー」が開いたのだ。

チャンスに敏感な加藤は、ターゲットをそんな新しい箱に移した。

おれはそこで「容姿端麗な女子だけを無料で入れ、男は紹介のあるヤツしか入れない」パーティを企画。加藤が声をかけて集めた可愛い子ちゃんたちの魅力プラス、エントランスフィーが一万円と高価格なことが、夜遊び野郎たちの選民意識をかきたてて毎回フルハウスとなり、おれたちの名前はシーンの中で噂になった。

噂は噂を呼ぶ。

次々と仕事の依頼が入ってきた。

加藤は、代理店を終えてから毎夜打ち合わせをしていたし、おれは常に10本近くの仕事を抱えることになった。おれたちはそのすべてを、期待された以上にうまくこなした。

インクスティック六本木やトゥーリア（もちろん照明が落ちる前）では、1000人規模のパーティをバーストさせた。おれがバリアン（バリ島の白魔術を使う祈祷師）に弟子入りするドキュメンタリーには複数の雑誌が飛びつき、航空会社のタイアップまでついた。インディーズバンドを集めたコンピレーションアルバムはヒットを飛ばし、白金に完全プロデュースでオープンさせたバーは連日満席を続けていた。

称賛が集まり、断っても断っても仕事がきた。

それなりに面白く、効を成し続けた日々。

でもおれはなにも満足していなかった。

それどころか焦っていた。

カネが、なかったからだ。

1988年と言えばバブル絶頂期。

カネがカネを生んだ狂騒の時代。

一人一〇万円が相場のすし屋。座って三〇万円のクラブ。歌一曲が三万円なんてバカげた（でも芸能人がわんさか来る）カラオケへ毎晩のごとく引っ張り出された。

名目は打ち合わせ。

実態は狂乱の酒宴。

おい次行くぞ、って声がするたび誰かの分厚い札入れが開き、次々と万札が吐き出される。

「キシちゃん、人の財布見てため息ついちゃうくらいならさぁ、マンション投資やんなよ。いいブローカー紹介するよ。物件買ってさ、半年もすればデー百万やイー百万が転がり込んでくるんだからこたえられないって。しかもノーリスクよ」

アルマーニ着込んで、フェラガモを履いて、デイトナ光らせた先輩諸氏が、勘違いしてマンション投資を薦めてくる。ピンドン片手にね。

儲けの仕組みはこれ以上ないほど単純だ。

東京郊外にウジャウジャ建てられている新築ワンルームマンションの一室を一五〇〇万円出して購入する。そのまま持ってると、あら不思議。半年後には二三〇〇万に値上がりするのだ。まさに不労所得。25平米の魔法の箱。転がして財産ブクブク増やしたら、今度は複数所有して、倍々ゲームの始まり始まり。

とは言え、先立つものがないと話にならない。

銀行の通帳に6桁以上の数字が並んだことのないおれには、限りなく縁のない世界だった。

仕事が成功しまくってるのに、それっぽっちしかないのかって？

ないんだよ。悪いかよ。カネはオールウェイズ・ジャスト・パス・スルー。いまはカネより実績だって、採算割れでも企画の成功を優先させてきたから、現金なんてないんだよ！

いや、認めるよ。

おれは、完全に読み間違えた。

実績作れば儲かる仕事がもらえるなんて、才能や労力を安く使うために作られた幻想だ。儲かる話は一生待っても才能や労力にはやってこない。儲かるのはカネを出したヤツと仕組みを作ったヤツ。そう、カネは、作り出すものなんだ。自分で儲かる仕組みを作らない限り、いつまで経ってもカラっ欠。末端に甘い汁は垂れてこない。

それを教えてくれたのは、女子大生の真琴だった。

イベントを仕切る中で知りあい意気投合して、気づいたら付きあうことになってた子なんだけど、なんと真琴は、弱冠二十歳《はたち》のくせにマンション投資で八〇〇万以上貯めたって言うんだ。話を聞くと共同購入とか言って、一人で全額負担する余裕のない人間が集まって、幾人かでひとつの部屋を購入するシステムがあるらしい。元手が数十万しかなくても値上がりが大きい物件狙って五度も転がせば、すぐ数百万になるという洗練された錬金術。

それに比べておれはどうだ?

バブルの隅でうごめく使い捨て。

多少の褒め言葉に躍らされ、いい気になって他人の儲けの下働き。成功すればヤツらの実績、失敗すればおれの失態。どちらにしてもおれに儲けは回ってこない。必死で動いて、時間も労力も人脈も使って、結局なにも残っていない。

日本をガタガタ言わすためには、ここで一発逆転を狙うしかない。

だから加藤に言ったんだ。

「このままを続けていたら、おれは疲弊してすり切れるだろう。おまえがくれる話には感謝しているが、なにか一発逆転できる大きなチャンスを探してくれないか」って。

すると数日後。いつもハイテンションな加藤から、潜めた声で電話があった。

「逆転の目が見つかったぜ。すべての先約をキャンセルして20時にトゥールズ・バーに来い。おれもこれから三件の予定を全部動かす」

え？　先約をキャンセルしたことのない加藤が、三件もの予定を動かす？

それほどの話なのかと興奮が走り、その夜会うことを約束していた相手にすぐさまキャンセルの電話を入れる。電話口からは文句の言葉。

「バカヤロー、ザケンナヨー」

ドタキャンだから仕方ないけど、女の子はもう少しおしとやかな言葉遣いを心がけましょうね、真琴ちゃん。

10

「おまえ、レイプって知ってるか？」

「は、レイプ?」

混み始めた週末のトゥールズ・バーで、席に着くなりこいつはなにを言い出すんだと、おれは思わず声を荒げた。

「バカ、レイプじゃないよ。レイブ。R、A、V、E——レイブ」

「いや、ごめん。聞いたことない」

「スゲェらしいぜ」

おれが知らないと言うと、してやったりとばかり加藤は勢い込んで話を始める。

「イギリスではもうムーブメントになってる。スペインのイビサ島ではバカデカいパーティが始まる。集客は1万人超だってよ。間違いない。世界はレイブに向かってるんだ」

声をひそめながら、それでも目をギラギラさせて加藤は言う。

「やらないか、日本で初めてのレイブを。おまえはよく知ってるだろ。なんでも一番乗りが強いって。始めたヤツが稼ぐって。それが確実にやってくる世界規模のムーブメントだったら、どうよ。一発目のレイブを成功させて知名度を上げれば、おまえはカリスマになれる。日本をガタガタ言わせられる。どうだ。ゾクゾクするだろ?」

「ちょっと待て。話が見えない。まずはレイブを説明しろよ」

おれは加藤の手綱を締めた。

これ以上、夢見心地で口からシャンディ・ガフを飛ばしまくられるのはたまらない。

「悪い。興奮した。レイブってのは、野外でアシッド・ハウス聴きながら集団で踊り明かすパーティのことだ。アシッド・ハウスはわかるな」

「ローランドのベースシンセを使ったやつだろ。確かＴＢ－３０３」

おれの耳に独特のうねる電子音が蘇る。

ＤＪピエール（Phuture）の『アシッド・トラックス』。

ＬＳＤ（アシッド）の幻覚作用を彷彿させる耳触り。

「そうか、加藤。セカンド・サマー・オブ・ラブか」

すぐに雑誌で拾い読みした知識が音と繋がる。

「さすが喜志だな、よく知ってる。だったら余計にわかるだろう。おれたちが生まれた頃のヒッピー、サイケデリック・ムーヴメントの再来がレイブに繋がってるんだ。この波は強いぜ。簡単には消えない」

ヒッピーカルチャー。40万人を集めた伝説のウッドストック・フェスティバル。

結果としてロックをカネにしたと噂に名高いあのブームの再来か。

だとしたら確かにデカい。一番乗りしたら素晴らしく高いところまで連れていってくれるだろう。

「おれはやりたい。だけど、問題は……」

「カネか」

先回りして加藤が問う。

「そうだ。それだけのイベントを仕切るとなると、まとまったカネが必要だろう。だけど、おれにはそのカネがない」

「喜志にカネがないのは知ってる。でも、協賛を集めればいいんじゃないか？」

「いや、協賛はダメだ。協賛が目立ってしまうと、誰が第一人者かわかりづらくなる」

「確かにそうだな。じゃあ、多くの人から小口で集めるってのはどうだ？」

「情報を漏らしたくない。それこそ本末転倒だよ」

「なるほど」

「残念だけど、加藤、その話は無理だ」

膨らんでいた期待が、希望が一気に萎み、おれの視線は下を向く。

「へぇー、それで終わりなんだ。こんな大きなチャンスを前に、カネの問題で尻尾を巻くってことは、つまり、おまえ、カネに負けるってことか？」

「違う！　いまはその話に乗れないってだけで、カネに負けて尻尾を巻くわけじゃない。逆転の目はきっと他にあるんだ」

「チャンスの神様には前髪しかない、って言ったのは喜志、おまえじゃなかったっけ？」

「それはそうだけど……ない袖は振れないんだ。悪い、加藤。これ以上、責めないでくれ」

「いや、言わせてもらう。おまえの復讐心が本物なら、なぜ、おれを使わない？　なぜ、カネを出してくれと言わない？　おれはおまえの相棒じゃないのか？」

「おまえはおれの相棒だよ、間違いなく。けど、カネの話は別だ」

「なにが別なんだよ？　どうしても復讐したいなら、あるものはなんだって使うだろう？　なんでも使って復讐するだろ？　おれを使えよ。それともそれができないくらい、おまえは腑抜けの甘ちゃんなのか？」

「……うん、そうだな、そうかもしれない。おれは腑抜けの甘ちゃんかもしれない。だけど加藤、おれはおまえと対等でいたいんだ。おまえが好きだから対等でいたいんだよ。わかってくれ」

「おれだって同じなんだよ！　いいか喜志、おれだっておまえと対等でいたいんだ！　おれは見てきたよ、ここ数年、おまえがおまえのすべてを削って生きているのを。だけど、おれはどうだ？　おれは安全を保障された範囲でしか動いていない。これは対等か？　違うだろ？　おれはな、おまえの相棒として対等でいたいんだ。おまえこそわかれよ、バカ野郎！」

加藤がおれを見据えた。静かに力強く。

おれも加藤を見据えた。静かに力強く。

喧騒のカフェで、沈黙の力比べ。

覚悟の計りあい。

「カネは借りない」

ふぅ、とひとつ大きく息を出し、おれはそっと言葉を置いた。

「けれど加藤、相棒としてカネを作るのを手伝ってくれ。アイデアがあるんだ」

これでもう戻れない。危険を伴う、禁断のアイデアに突っ込んだ。

「いくら作れる?」

「三ヶ月で最低一〇〇〇万」

「よし。やろう」

「内容を聞かないのか?」

「喜志、おれはおまえを信じている。おまえが自信を持って言うなら、おれは言われたように動くだけだ。おれはなにをすればいい?」


おれのアイデア。

1枚の紙や数行の言葉が分厚いカネを産む現場で培った集金マジック。

仕掛ければ多くの人が思い通り財布を開き、カネを差し出してくるだろう。

だけど、ハイリターンにはハイリスクが潜んでいる。おれはおれの復讐のために地獄に落ちるつもりでいる。だから万が一の場合の覚悟もある。

けれど、加藤をそこに巻き込んでいいのか?

個人的な復讐に他人を巻き込むのは、ありか、なしか？

また選択だ。いきなりおれにジジイの言葉が思い浮かんだ。

星。おれの星。

おれの星がわかれば、あるいは……。


「加藤、いつか話したジジイの話、覚えてるか？」

「そんな話じゃないだろ、いま」

「重要なことだ。覚えてるか？」

「あぁ。星の定めを生きるべし、ってやつだろ」

「おまえから見て、おれの星はなんだと思う？」

「素直に答えていいのか？」

「あぁ、答えてくれ」

「先に逝ったあの人の分まで生きること」

そうさ、そうだ。わかっていた。おれにはそれしかない。

ジワリと、ズキリと、ギチリと、言葉がおれの芯に響いて跳ねた。

おれは二人分を生きなければいけない。

「そのためにおまえを地獄に落とすかもしれない。それでもいいか？」

「心配するな。こう見えておれはしぶといんだ。いざとなったらおまえ一人を地獄に落とし、その間におれはさっさと逃げさせてもらう」

ニヤリと笑う加藤。こいつの笑顔は人を操る。

「よし、やろうぜ」

決める、決めろ。

まずカネを作るんだ。

「売るものは女の裸。もちろん合法的だ。稼ぐぞ、加藤」

「ウッホ。おれの得意分野か。いい感じじゃん」

「稼ぐぞ、加藤」

「そして、レイプだ」


それからおれたちは数件のクラブをはしごし、最後はレッドシューズに落ち着いた。

メチャクチャ飲んだ。

目の間からアルコールが漏れてくるほど痛飲した。

「加藤、加藤、加藤、加藤、おれたちは、負けねぇよな！」

夜が明けかけた西麻布で、おれが叫ぶ。

「ああ、おれはちは、負へらいよ」

すっかり潰れて呂律の回らなくなった加藤が答え、おれたちはもう何度目かわからない乾杯をした。

ヒレル・スロヴァクがヘロインのオーバードースで逝く前日の、アツい夜。

単なる出会いが「宿命」に変わった1988年の夜。

でも、まさかそこが地獄の入口だとは、このときのおれは気づいていなかった。

第3章

歓喜と監禁

カネ儲けの秘訣。
それは、欲しがらせること。
売るんじゃなく、欲しがらせる。
こちらから「いりませんか」なんて言語道断。
誰かがなにかを強烈に欲しがる状況を作り「ください」と言わせる。
カネ儲けはどこまでいっても、これだけだ。
どうやったら欲しがらせることができるかって?
それは。

11

おれはレイブをしかける。

世間におれの名を刻み、唸るほどのカネを掴むために。

おれのセンスと才能だったら、それは全然不可能じゃない。

それがおれの星。三島さんがおれに残したおれの星。


「最低一〇〇〇万円」

おれがおれの星を掴むために必要なカネ。

三ヶ月で稼ぎだすと加藤に約束した金額。


「売るものは女の裸」

もっとも素早く、もっとも効率的にカネを生み出すミラクルアイテム。

もちろん合法的にさ（夢見る薬もカネになるけど、さすがにこいつはアウトだろ）。

そのためのリアルなイメージを、すでにおれは持っていた。

なにを準備し、どの順番で進めていけば、女の裸が三ヶ月で一〇〇〇万円になるのか、ほぼすべてがリアルに見えていた。あとはそのイメージをトレースするだけ。

だけなのだが……足りないものが、ただひとつ。

元金だ。

あんたが自分でビジネスをしたことがあるならわかるだろう？

どんなビジネスだって最初にタネ銭ってもんが必要だ。

店舗型のビジネスだと店を作るカネが要るし、情報販売型のビジネスだって見込み客を集めるための広告や人脈を作るための交流会参加や、とにかく最初の売上が立つまでにある程度のカネは飛んでいく。特に短期でまとまったカネを作るときには、空手で勝負はあり得ない。

今回のおれの計画で言うなら、五〇〇万。

このカネがなければ、すべては画に描いた餅に過ぎない。

普通なら簡単なんだ。手当たり次第にカネを持っているヤツに声をかける。

「投資してくれれば、いいリターンが返せるよ」って。

ザッツ・イット。数打ちゃ当たる理論はダテじゃないから、ほどなくカネは集まるだろう。

だけど、今回はこの方法が使えない。

なぜかって？

おいおい、女の裸を売る仕事だぜ。クリーンであるわけないだろう？

じゃあ、どうする。どこからカネを引っ張るか……。

おれは真琴とデートしながらも、そのことばかりを考えた。

銀座で封切りされた『ＡＫＩＲＡ』を観たときも、新宿のクラブで踊ったときも、浅草ですき焼きを食ったときも、日本武道館でザ・ストリート・スライダーズのライブを観たときも。

それでわかったことがあるんだ。

カネが淋しがり屋っていうのは、本当だってこと。

カネに愛されている人間は、カネを愛している人間の周りにしかいないんだ。

どっちもヘドが出るマネーマッド。おれが心底嫌うマネーマッド。だったら、おれがいくら足掻いたところで見つかるわけないのが道理だろう。つまりここは、相棒の出番。カネを愛する人間など、加藤なら吐いて捨てるほど知っているはずだから。おれは加藤を呼び出した。

「最高の金主を紹介してくれ。最高って言うのは人格のことじゃないぜ。最高にカネに汚く、儲かるなら多少アンダーグラウンドな臭いがしても平気な人間、そうマネーマッドだ。マネーマッドのカネをおれの復讐のタネ銭にするんだ。頼む、加藤。おまえしか伝手がないんだ」

おれの言葉を受けた加藤の鼻に皺が寄る。

なんだよ加藤。ここで腰を引くのかよ。おれに言った熱い言葉は嘘なのかよ。

加藤の鼻の皺を見て、おれは無性に腹が立った。

「なんだよ加藤、ここで腰を引くのかよ。おれたちは負けねぇんだろ？　おまえはおれの相棒なんだろ？　行こう、行くしかない。おれを信じろ。信じて任せろ。成功させる。うまくやってみせるから、最高の金主を紹介してくれ」

「ぶはははははっははは！」

おれの真剣が加藤の馬鹿笑いにかき消された。

「おい喜志、なに勘違いしてツバ飛ばしてんだよ。ぶはははははっははは！」

加藤は大笑いしながらおれにツバを飛ばした。

「勘違い？」

「そうさ、おまえいま、おれが金主を紹介するのを渋ってるって、ぶははは、思ったんだろ？」

「あぁ、そうだ。違うのか？　あれだけ渋そうな顔しといて」

「ぶははは、ちげーよ、心底ワクワクしたんだよ。おれは心底ワクワクするとな、ぶははは、ああいう顔になるんだよ。ぶははは、ほらよ！」

加藤が投げた1枚の名刺。おれは、その名刺に目を落とす。

国会議員　加藤耕三

これって……。

「おれのオヤジだ。おれが知ってる中では最高級の金主だぜ」

バカ笑いをおさめた加藤が、真っ正面からおれを見据える。

「あとは任せる。一応、おれからおまえのことを話しておくが期待はしないでくれ。カネを引っ張れるかどうかはおまえの計画次第だ。チャンスは五分間。オヤジは誰に対しても五分しか時間を与えないからな。五分経って興味を覚えなければ、それで話は打ち切りになる。頼む。任せたぞ」


早速、次の日。

おれは、もらった名刺にふたつ並んだ番号のうち、議員会館に繋がるほうを選び電話した。

「明日、午後4時に来てください」

名前を告げるとすぐに秘書と名乗る男がそう言って、帝国ホテルの部屋番号を教えてくれた。こちらの都合はまったく聞かない。単純、明快、かつ完全なアナウンス。「有無を言わせない」のお手本みたいな対応だった。

やっぱそうだよな、金主ってのはこうでなくちゃ。

なんの根拠もないけど、そう感じ、なんだか無性に嬉しくなった。

12

翌日の15時55分。

生まれて初めて足を踏み入れる帝国ホテル。

三島さんからもらったギャルソンの紺スーツを着込み、加藤の会社の封筒に入れた企画書を持って、指定の部屋のインターフォンを押した。

ドアの向こうで足音がして、静かに扉が開かれる。

ダークスーツを着た若い男。縁なしのメガネをしている。

無言のまま上に向けた右掌を左から右へ動かし、おれを中に招き入れた。


中には黒いスーツの男が二人。

分厚い身体。四つの目玉がおれを睨みつける。

二人はゆっくりおれに近づき、前と後ろからおれを挟んでボディチェック。平和が売りの我が国で、なにか出てくることあるんだろうか？　バリソンナイフでも仕込んでくれれば良かったな、サービスで。


ボディチェックが終わると、やっと奥に通してもらえた。

もちろん黒スーツ二人のお伴つき。一人が前で、一人が後ろ。

突き当たりの扉までほんの数メートルの行進だが、偉くなったみたいで気持ちがいい。

扉の前で、前の黒スーツが軽くノック。

「どうぞ」と奥からひしゃげた声がし、扉が開いた。

ホテルというのに中にベッドはない。

代わりに古めかしい応接セットが、窓の向こうに皇居を従えて鎮座している。

こういう部屋をスィートって言うんだろ？

一泊でおれの部屋の数ヶ月分の家賃を飲み込む、甘いウワバミ。

「きみが、喜志君か」

応接セットには、小柄なヒキガエルがいた。

机には葡萄色の液体の入ったグラスが置かれ、指には葉巻を挟んでいる。

その姿の醜いこと。顔が不細工とか動作に品がないとか、そんなレベルじゃない。

存在が卑しい。そうとしか表現できない醜悪さ。

歳をとったら加藤もこうなるんだろうか？

加藤には悪いけど、自分の親がこんなだったら多分、おれは生きていけない。

「朗から話は聞いておる。五分やるから話してみろ」

ヒキガエルが煙とともに言葉を吐く。

縁なしメガネや黒スーツが、同時に自分の時計を見る。

これはスゲェな。椅子を勧めることもなく、いきなり砂時計をひっくり返しやがった。この状況でうまくプレゼンするって至難の業。加藤から聞いてなかったら、おれだってヤバかった。

考えながら軽く深呼吸。

自分の鼓動をしっかりと感じる。

オーケー大丈夫。これならいける。

試合開始だ。

「はじめまして。喜志と申します。本日、加藤先生の貴重な時間をいただけたことに感謝いたします。ありがとうございます」

ここで一息、深々とお辞儀。

「朗さんからお聞き及びかもしれませんが、本日は出資のお願いに参りました。いただいた時間に限りがありますので、まず金額から話させてください」

一呼吸置いて、続けた。

「今回ご協力いただきたい金額は五〇〇万円。三ヶ月後、八〇〇万にしてお返しいたします。加藤先生に時間を割いていただくのも恥ずかしい小商いですが、三ヶ月で三〇〇万を確実に増やしていただける堅い計画です。無論、領収書は必要ありませんし、出所のわからないおカネです。このまま話を続けさせていただいてもよろしいでしょうか？」

「くだらんハッタリはいい。あと四分だぞ」

おれは一気に、踏んでおくべき場所に入った。

「扱う商品は裏ビデオです」

「裏ビデオ？」

案の定、ヒキガエルの顔が険しくなる。裏ビデオの周りには、関係を表に出したら政治家として致命的なアンダーグラウンド・ピープルがウヨウヨしているからな。

大丈夫、先生、安心してくれ。おれだってヤツらと絡む気はサラサラないよ。

「裏ビデオと申しましても反社会勢力とはまったく絡みません。と申しますか、まったく絡まないからこそ、三ヶ月で目標収益を上げ、煙のように消えることが可能と考えています」

「そんなことができるのか？」

「はい、できます。先生もご存じのように、彼らの販売経路はアダルトショップ、古書店、そしてポスティングによる宅配が主なところです。しかし今回の計画は、これらのルートをまったく使いません」

「ほう。では、どこで売るんだ。具体的に話してみろ」

心なしか身体を前に倒すヒキガエル。

上々の感触を感じながら、おれは封筒から企画書を取り出した。

すると縁なしメガネが音もなくおれに近づいて書類を取り上げ、ヒキガエルに片ひざをついて差し出した。やんごとなきお方へのうやうやしい贈呈式。

残り時間、あと二分ってところか。

「収支の詳細はお持ちした企画書にありますので後ほどご覧いただくとして、いまは計画の流れだけお話しさせていただきます」

企画書を惰性でめくるヒキガエル。

シミだらけの汚い指。

最後のページまでいきつくと、つまらなそうに放り投げた。

よし行くぞ。ここが勝負所だ。

「製作するビデオは3本。販売期間は、一ヶ月。出資いただく五〇〇万はビデオの製作費を初め、広告費やダビング料に使わせていただき、期間内に合計4000本を売り切ります。単純計算で一日40本以上の売り目標です。通常なら無謀と思われる目標ですが、私の計画では充分に可能な数字となっています。これまで誰も試していなくて、でも確実に売れる手段をとるからです」

ここで、おれに与えられた五分間が終了。

さぁ、どう出る、ヒキガエル？

おれのエサに食いついてくれなければ話はおしまいだ。

運命は、ヒキガエルがビデオを売る方法を考えつくかどうかにかかっている。

ヒキガエルが思いついたらおれの負け。

でも、考えつかなかったら？

食いつく、絶対。

カネが大好きな連中は、とろけるようなセックスよりもカネを稼ぐ方法が好きだから。自分が知らないカネ儲けの手段がこの世にあることなど、悶絶級に許せないし、聞かずにいられるわけがない。

無言の数十秒。

思案するヒキガエル。

縁なしメガネがオーバーアクションで腕時計を見る。

勝ったな、おれが思ったのと同時にヒキガエルが唸った。


「どうやって売る気だ?」

ゴング。

勝利のテンカウント。これでカネは引っ張れる。

「売りません。向こうから『ください』と手が上がるようにします。この計画は、どうやったら売れるかではなく、どうやったら欲しがられるかだけを考えて作られています」

「能書きはいい。具体的に話せ」

「先程お渡しした資料の最後のページをご覧ください。投稿系のエロ雑誌に出稿を考えている広告の原案を載せています」

また縁なしメガネ。

どこからともなく湧いて出て、先ほど寸分違わぬ片ひざでページを開く。

そこに書かれたデカい文字。

【完全無料】

おれの位置からでもよく見えた。

「完全無料?」

「そうです。書いてある電話番号は24時間対応の留守番テープに繋がります。そのテープに住所を残してくれた全員に、素人娘の無修整写真集を完全無料で密送します……無料写真集、先生はどれくらいの反応があると思われますか?」

スマホはおろか、インターネットもない時代。

無修正の写真を手に入れるためには、海外からこっそり持ち込むか、アンダーグラウンドな専門店に足を運ぶか、まがい物が送られてくるリスクを覚悟しての通販くらいしか方法がなかった。

そこに、無修正の写真集が完全無料で送られてくるという広告だ。

それもターゲットがウヨウヨしている雑誌に出るのだ。

これで反応が出ないなら、世に広告というモノは存在しえなくなってしまう。

「かなりだ。数はわからんが、かなりの反応があるだろうな」

「私もそう睨んでいます。写真集は印刷ですので数が多くなれば一冊当たりの単価は抑えられます。といってもページ数の制限はあるので、内容を濃くします。手にしたすべてのヤツらがおっ勃てるようなエロいヤツ——失礼しました、思わず欲しくなるようなものです。もちろんモザイクはなし。そこら辺のビニ本なんか比べものにならない出来映えを目指します」

縁なしメガネの目が揺れるのが見えた。ウブなヤツ。

「それで？」

ヒキガエルの目が細くなる。

おれの作戦に気がついたようだ。

「写真集に手紙を同封します。この写真集の子の本番裏ビデオを六九八〇円で手に入れませんか？　そう書いたカラー印刷の手紙です。現在、裏モノといえば最低二万円はします。だからこの価格は破壊力抜群です。また、手紙を見る相手は出演する女の子を写真集で確認していますし、配送の方法もわかっていますから購入に当たってのリスクが低い。私は販売できる確率がかなりあると踏んでおります」

「写真集の最後のページにも広告を載せたほうがいいな」

っていうか、ヒキガエル。それ裏表紙に載せるに決まってるし。

けどこれは営業だから、持ち上げれるところは持ち上げ倒すぜ。

「さすが先生。おっしゃるとおりです。アドバイスありがとうございます」

おれは頭を下げた。

「1本目のビデオを送るときに、2本目の写真集を入れるんだな」

「はい、その予定です。ただし2本目と3本目の写真集は同時に送ります。長い期間営業するとリスクも増えるからです。販売は二度だけ。それで4000を売り切ろうと思っています」

「まだなにか考えていることがありそうだな」

「最後に秘策を隠しています。ご説明いたしますか？」

「いや、それには及ばん。あー君、なんという名だったかな？」

「喜志です」

「うん、まぁかけなさい」

ヒキガエルがそう言うと、縁なしメガネがやってきて掌だけで傍らのソファを促した。

ヒキガエルに一礼してからソファに身を預ける。

ところがそのソファが予想よりも柔らかく、ぶへっ、なんて間抜けな声を出しちまった。

「ぐぐぐ。朗から、面白い男と聞いてはいたが、なるほどな」

ヒキガエルが喉の奥を鳴らし顔を歪めた。きっと笑ったんだろう。

「親馬鹿だと思って聞いてくれて構わんが、朗は優秀な子でな。まだ学生のうちから相当なカネをわしに運んでくれた。朗のような人間を『目から鼻へ抜ける』と言うんだろう。わしはあいつが可愛いし、心から買っておる。妾の子じゃなければ、すぐにでもわしの椅子を譲りたいくらいだ」

妾の子？　加藤が？

いや、油断するな。仕掛けかもしれない。おれが揺れるか試しているのかもしれない。

油断するな！

おれは動揺を殺し、言葉を重ねた。

「朗君は頭が切れるだけでなく、行動力もあるし人望も篤いです。そして、この国の未来のことを本気で考え、政治家になりたいといつも話しています」

ヒキガエルの相好が崩れた。

「朗が政治家に！　わしはそんなこと一言だって聞いたことはないが、いや、朗がそう言ってくれとるとは嬉しいニュースだ。おい、この子にカネを渡してやりなさい」

ヒキガエルの言葉と同時に、背後で人が動く気配。

「そのカネ、貸してやろう。君なら狡いカネ儲けができそうだ。三ヶ月後、君がさっき約束した金額を持って来なさい」

目の前に積まれた五つの帯封の札束。

ピンピンに固まった、生まれて初めて見る大金。

不整脈を起したように変なビートを刻むおれの心臓。

ヒキガエルに「狡いカネ儲けができそう」と言われたときはかなり胸がムカムカしたが、目の前に五つの帯封が並んだらそんなのどうでもよくなった。


これか。

これがカネの圧力か。

三島さん、おれ、生まれて初めてわかったよ。

けどおれは、こんなものには負けねぇよ。

13

札束を握りしめ、おれは翌日から行動を開始した。

スピード勝負のカネ儲けは、いかに素早く準備を進めるかが勝負の分かれ目。のんびりしている時間はない。優先順位を割り振ったＴｏＤｏリストを引っ張り出し、上から順に潰していく。


リストの一番目は、女優の確保。

これは加藤がアドレス帳を片手に、関係を結んだ女の子の何人かに誘いの電話をしてくれた。

え？　素人が出てくれるのか？

出てくれるとしても美的に大丈夫か、って？

いいこと聞いてくれる。実はおれも心配してたんだ。

プロを使うとアンダーグラウンド・ピープルに情報が流れる危険があるから「女優は素人でいこう。そのほうがリアリティあるし、ギャラだって抑えられる」という加藤の案に賛成したものの、裏ビデオに出てくれる美形の女子がいるなんて想像できないからさ。いくら加藤が「任せとけ」と胸を叩いてもね。

ところがだ。世の中、病んでるね。数日後には加藤から「オーディションしなきゃいけないほど女の子が集まった」って電話をもらったんだ。

これでいいのか日本って感じ。おれが言える台詞じゃないけどさ。

ついでだから、オーディションの話もしておこう。

神宮前のトンネル脇にある音楽収録スタジオを知ってるかい？　収録された音源に不気味な声が入ることで話題になったスタジオだ。会場はそこを使った。加藤がクライアントの仕事を早目に切り上げたそのあとを、そのクライアントの経費でさ。

面接は当然、加藤。

外部から完全に隔離された録音ルーム（ラウンジ）に加藤が女の子と二人で入る。

緊張でおどおどとする女の子。

その緊張を慈しむように質問を始める加藤。

通り一遍の質問が終わると、女の子に合格倍率が4倍であることが告げられる。

すると、見事だね。

雰囲気が変わるんだ。ほぼ全員、例外なく。

やる気と言っていいんだろうか。スタジオ独特の雰囲気も手伝ってだろうが、女の子たちは自ら望んで服を脱ぎ（上半身までね）、喘いでみせた。

おれはすべてを見渡せるコントロールルームで、その声やさらけ出されたバストや、もちろん顔や根性をチェック。

大監督になった気がした。

あるいはマジックミラー裏の刑事。

クセになりそうな背徳の快感。


ところで、こういう面接で一番の聞くべきことってなんだと思う？

志望動機？

カネの使い道？

将来の夢？

全部ハズレ。

答えは、

「セックス好きですか？」

エッチが好きでないヤツはどんな美人でも使えない。見ていて欲情しないいんだ……と、これはプロのＡＶ監督をしているおれの先輩からの受け売り。


リストの二番目は、ダビング部屋（おれたちはそこをＤＢと呼んでいた）の確保。

ダビングも外には出せないから自分たちでやる必要があるし、４０００本となると部屋がないと捌けない。

おれがＤＢに選んだのは、小田急線・南新宿駅の裏手にある、カネを振り込めば鍵が郵送されてくる素晴らしいシステムのマンションだった。半年分の家賃先払いだけど、契約書が不要。建物全体を蔦が覆っていて、古ぼけて日が当たらなくて、外国人しか住んでいない陰気な5階建ての3階、一応角部屋の2LDKだ。エレベーターの正面。扉を開けるとすぐに十畳ほどのキッチンがあり、その右手に六畳と四畳半の和室。おれは鍵を取り変え、中古のテーブルセットを購入し、六畳間にダビング機器をセットした。

もちろん、広告などに使う表向きの所在地は別に用意しなきゃいけないけど、そんなのはワケない。

料金がべらぼうに高い代わりに、契約の際にこちらの身元を一切調べない秘書サービスに出かけていって、「山田太郎」なんて名前を書き、規定の金額をキャッシュで払えばそれで終わり。あとはこの秘書サービスが電話も受けてくれるし、届いた書類も保管しておいてくれる。同様のサービスで三ヶ所と契約したのは、念には念をって加藤の提案。

部屋が整うと、おれと加藤は毎夜、DBでお互いの仕事を確認し合った。あらゆることを報告し合い、進捗状況を綿密に吟味し、冷静に軌道を修正し、計画を前に進めていった。

深夜を過ぎ、腹が減ると出かけたのは近くのタイ・レストラン「ピー」。大久保辺りで活躍する現地ガールたちが集まる類いの本格派で安くてうまい店だ。

パクチーが苦手だからと最初は嫌がっていた加藤も、数回通ううちにすっかりハマり込み、いつの間にかおれより好きになったくらい（ちなみに店名の「ピー」は、妖怪とか霊魂を表わすタイ語らしい）。

14

その夜は、珍しく早めの時間に「ピー」で落ち合った。

仕事帰りだったため二人とも、タイレストランには似つかわしくない格好をしていた。

加藤は、ほぼ全身バーバリー。例外はマッキントッシュのPコートとジェームスロックの中折れ帽。おれは、ほぼ全身が古着。ほとんど赤富士。例外はドクターマーチンのスチールキャップとヨーガンレールのアルパカコート。

「なぁ加藤、おれら、こんな服で浮いてないか？」

「浮くもなにも、ほぼ毎日来てるんだ。もう店の陳列物と変わらないよ」

「けどさ、それでもこんな格好だと悪目立ちすんじゃないか？　今日の相談内容を考えると店を変えたほうがいいかもしれないぜ」

そう言って周りをこそこそ伺うおれの肩を加藤が掴んだ。

「どうした喜志、なにを焦ってる？」

さすが相棒、加藤はなんでもお見通しってやつか。

「実はな、加藤……」

「男優が、見つからないのか？」

加藤の言葉にドキリとする。

そこまで見通すとは、相棒を通り越して超能力者だ。

「そうなんだ……それで正直、困っている」

おれは深く長い息を出した。

「プロやセミプロならいくらでも手配できるんだが、玄人《くろうと》は使いたくない。あいつらカネの臭いにはハイエナだからな。カネちらつかされたら簡単に裏切って、いくらでもおれたちのことをチクるだろう。いま伝手を頼って探してはいるんだが、信用できるヤツが見つからないんだ……」

「そうか」加藤は短く返事をし、顔馴染みのウェイトレスにシンハーを2本といくつかのフードをオーダーし、「で、どうするんだ？」と聞いてきた。

出演してくれる女の子たちはもともと加藤がナンパしてきた子たちだし、加藤なら信頼できるから加藤が出てくれるに越したことはないのだが、さすがにそれは頼めない。

「とにかくおれたちの運を信じて一人でも多くのヤツと会うしかない。前日まではなんとかするよ」

なんとかなることを祈るしかない。

自分の運を信じるしかない。

おれは指を胸の前で組み、我知らず祈りのポーズをとっていた。

「おまえがな」加藤の顔がおれに近づき、それに反比例して声が小さくなった。「絶対に顔を映さないって約束するなら、おれが出てやってもいいぞ」

おれは言葉を失った。

会社の立場や親父のことから、それだけは絶対ないと思っていたからだ。

「出て欲しいんだろ、おれに？」

いや、加藤が出ると言ってくれてるんだ。ここでおれが動揺してどうする。躊躇してどうする。相棒を信じろ。自分の星を信じろ。信じて前に進め。おれたちならきっとうまくやれる。

「あぁ、出て欲しい。頼む、加藤」

組んだ指に力を入れ、言葉に圧をかけた。

「なんだよ喜志、急に元気になりやがって。わかりやすいヤツだな」

「まさかおまえが出てくれるとは思ってもなかったからな」

「おれが出れば、秘密が守れるってか？」

「それもあるが、それだけじゃない。女扱いに関しておまえが天才的なテクニックを持ってることをおれは知ってる。おまえが抱いてきた数多の女子から何度も直接聞いたからな。おれはおまえのそのテクニックも欲しいんだ。演技じゃない本気のオルガスムスほど客を煽り立てるものはないからな」

「おだててくれなくても、そこはやるよ。女たちをいい声で鳴かせてやる。それに正直言うとな、他の野郎に彼女たちを抱かせるのは納得がいかなかったんだ。それより頼むぜ。おれの顔が映らないようしっかりカメラ振ってくれよ」

加藤がシンハーのボトルを上げ、いつものようにおれたちは乾杯をする。

そこに料理が運ばれてきた。ソムタム（青いパパイヤのサラダ）と、ガイパッバイカパオ（鶏肉のバジル風味炒め）と、ゲーンキョワーン（チキングリーンカレー）と、ゲーンマッサマン（チキンイスラム風カレー）。オーソドックス＆ナイスな取り合わせ。ちょうど料理が並んだタイミングで、営業前の腹ごしらえなのか数人のタイ人ガールが入ってきて、にわかに店がかしましくなった。

「ついでにもうひとつ頼まれてくれないか。裏ビデオを確実に3本売るための秘策がある。おまえにしかできないことだ」

加藤の性格上、頼み事は畳みかけたほうがいい。

机の上、四つ並んだ皿の間に、鞄から取り出した録音機能つき小型カセットレコーダーを置きつつ、おれは続けた。

「これで、ナンパの現場を録音してくれ。ヤラセじゃなくて、ガチのヤツ。できれば三人分。別々のテープで」

続いて録音テープを鞄から出し、レコーダーの横に並べる。

「声をかけるところからホテルに行くところまで録音してくれると嬉しい。おれがそれを聞いて、ナンパのコツを必勝法にまとめあげる。1本目のビデオを送るときに入れたいんだ。2本目と3

本日をまとめて買ってくれた人には、ナンパ現場の生録音つきナンパ必勝法をプレゼントって」

「いいな、それ。必勝法がわかったら自分もやれるかもって幻想抱いて2本同時に買うヤツ増えるな。……なら、いっそどうだ？　ビデオの男優が使っているテクニックですって謳わないか？年間に100人をナンパする驚異のテクニックとか書いてさ。そのほうが効くんじゃないか？」

「確かに効く。そのほうが効く。だけど、おまえ、そこまでしていいのか？」

「カネ稼ぐんだろ？　一〇〇〇万貯めるんだろ？　だったらやれることはすべてやってやるよ。三人分だな、一週間、時間をくれ。二人はフリーでやってみる。うまくいかなかったときのために、一人は仕込みでやらせてもらうけどな」

シンハーのおかわり。

上機嫌な加藤。なかなかここまで肚を括れるヤツはいない。少なくともおれは知らない。こいつが味方で良かった、マジで。

「わかった。録音はよろしく頼む。おれはビデオのシナリオを変更するよ。最初におまえのナンパ風景を入れるようにする。もちろん後ろ姿で。最初のシーンは必ず見るからな、後ろ姿でだって潜在意識への刷り込みになるはずだ」

「サブリミナルってヤツか……ヤバいな、おれでも買っちまうかもな。さすがにおまえは抜け目ないよ。って、抜け目ない、で思い出したんだが、おまえ乃木坂の事務所はどうするんだ？」

「心配するな。そっちも抜け目ない。来週から三ヶ月、大阪の雑誌に出稼ぎに行くことにしてある。留守を任せるデザイナーのアテもついてるし、大阪の雑誌は友だちが編集長をしてるから、電話があった場合はDBに知らせてくれるよう手配済みだ。心配ご無用。万事抜かりなし。そんなことよりロケ地だけどな」

「あぁ、山中湖に絶好のロッジが見つかった。クライアントの持ちものなんだが、勉強会の合宿で使いたいと言ったら五日間、無料で貸してくれることになった。そこに行こうと思うがどうだ?」

「広いのか?」

「1階に3部屋とリビングダイニング。2階に4部屋あって、風呂はジャグジー。窓からは富士山が見えるって感じかな」

「素晴らしい。さすが加藤だ。頼りになるぜ」

「だろ。見直せよ、心からよ」

「よし。となったらサクッとメシ食っておれはDBへ行かせてもらう。絵コンテ変えないといけないからな。次、おまえに会うのは当日でいいか?」

言い終わらないうちに、おれは料理に手をつけ始めた。加藤もソムタムをとり分け始める。

「おう。それまでおれは女の子たちが翻意しないよう、丁寧に抱いておくよ」

「おまえはセックスで、おれは絵コンテか」

「それが、それぞれの星ってことだ」

「しょぼいな、おれの星」

「いまのところはな」

「そう信じてるよ」

「じゃあ、当日な」

「おう、じゃあ当日」

「やるぜ」

「当たり前だ」

「おれたちは負けないからな」

「当たり前だ」

おれは、それまで生きてきた中で味わったことのない興奮と期待と希望を感じていた。興奮と期待と希望。興奮と期待と希望。興奮と期待と希望。

生きてるって、素晴らしいな！

一ヶ月後——どんな野郎のチンコもおっ勃てる裏ビデオ3本が完成した。

15

10月になるとおれたちの宣伝がエロ雑誌に載り始めた。出稿基準ギリギリの素晴らしくエロい写真を広告に使ったから、「これは健全な男子、全員刈り取るな」と、おれも加藤も自信満々でいた。

だが、おれたちの自信に反して電話の鳴りは良くなかった。

ちょうど昭和天皇が深く患い、国中に自粛ムードが漂っていたからだ。

時期が悪かったか……。

二人して不安になった10月7日、おれの愛する中日ドラゴンズが優勝した。

ビールかけはなかったけど、よくやった、ドラゴンズ！　最後のバッターに泣きながら投げた郭源治を実況するアナウンサーの「郭はもう泣いています」におれが泣いたよ。

それで、イケる気がした。

イケるぜ、心配するな、とプロ野球にまったく興味のない加藤の肩を叩いた。

そういうことってあるだろ？

そして、そういうときって大体当たるだろ？

おれの場合も大当たりさ。

計画通り、いや、計画以上に、おれたちのビデオは売れたんだ。

エロ雑誌五誌に出した小さな広告に3000件近いの反応があり、そのうちの6割が最初のビデオを購入。購入したうちの8割が残り2本をまとめて買ってくれた。

合計で何本売れたか計算できるかい？

4680本。

実際は2本目と3本目がバラでも売れているので、販売総数は5000本を超えた。

あまりにもダビングが忙しく追加で機材を買ったりしたが、最後はそれも全部売り払い、借りた部屋を解約し、加藤の親父にカネ返しても、おれたちの手元には二三〇〇万円も残った。

褒美を遣わそう——そう言ってお互いに与え合った三〇〇万の臨時ボーナス。

嬉しかった。

成功も嬉しかったし、褒美も嬉しかった。

残ったカネは銀行に預けるわけにいかず、どうしようか困っていたとき加藤の親父が一〇〇万の保管料で預かってやろうと言い出して、他の方法も考えられなかったおれたちは、やむなくそこにカネを預けた。

それでも一五〇〇万円以上が残った。

レイブを仕掛けるには充分な金額。

「いつから始める？」とはやる加藤をおれは抑えた。

「これだけの荒稼ぎをしたんだ。なにがあるかわからない。すぐには動かないほうがいいし、とりあえず半年は会わないほうがいいだろう」

おれは加藤にそう言って、加藤は代理店に戻り、おれは乃木坂の事務所に戻り、おれたちはお互いを忘れることにした。


おれは三軒茶屋に新しいマンションを借り、そこに真琴を呼んで住み始めた。

一緒に住んでみると、真琴のいろんなことがわかってきた。

たとえば、フランドルと45rpmが贔屓のブランドで、一番好きなアーティストはスライダーズの蘭丸で、夢はパン屋を開くことで、そのためにパン屋でバイトしてて、大学を出たらフランスかドイツに留学へ行こうと思ってて、だから、生活周りのものやお気に入りの服以外にいくつもの計量器と温度計とハケやらヘラやらと麺棒とスケッパー（おれが生まれて初めてその名を知った四角く薄いカード型の道具）を持ち込んできたし、引っ越してくる当日にはオーブン機能のついた電子レンジが欲しいとせがまれた。

もちろん喜んで買ったよ。

パンを焼くときは必ず「裸エプロン」でやること、というおれの交換条件を呑んでくれたからな。

実際、それは天国のような眺めだった。

「天国だな、この眺め。真琴が可愛過ぎて昇天しそうだ。いやー、天国が三茶にあったって三蔵法師に教えてあげたいくらいだよ」

「三蔵さんなら天国じゃなくて天竺でしょ」

真琴が可愛く笑いながら言う。

「夏目雅子が行ったところか。いや、あれ？　セカンドシーズン終わっても天竺には着かなかったんだっけ、西遊記って最終的に？」

たまらなくなったおれは、そう言いつつ真琴に近づき背中を舐める。

「やめてよ。っていうか、叩くよ？」

真琴は身体をくねらせながら麺棒を振り上げる。上げた腕とエプロンの隙間からささやかなオッパイ（真琴はそれがコンプレックスなんだ）が見えて、おれはたまらずキスをする。そこから先はご想像通りさ。

これを幸せと言わずに、なにを幸せと言えばいいんだろう？

こんな幸せの中で、おれたちはお互いに影響し合った。

真琴の影響でおれはデザイナーズを着始め、おれの影響で真琴は古着を好きになった。

おれの影響で真琴は四つ打ちのクラブで踊ることを覚え、真琴の影響でおれはギグでロックを叫ぶ快感を知った。

誰かと一緒に住むなんて「うざくてたまらん」と思っていたけど、真琴と一緒の生活には「幸福」の二文字しか存在していなかった。

ただひとつ、真琴は、どこかの地方から東京に出てくるまでのことは一切話してくれなかった。

高校に上がった年に両親が離婚して母親に引き取られたものの、その母親が大学に上がるときに再婚し、真琴は必然的に邪魔な存在となって、だから帰る家がない、って、それくらいの苦労話を除いては。

だからおれは真琴の出身地を聞かない。

地元の友達のことを、両親のことを聞かない。

そんなことはどうでもいい。おれは真琴が好きだ。

「喜志君とこうしてられて、私は幸せだよ」

腕の中でそう呟く真琴がいてくれるだけで、おれも心から幸せだった。

だからこそ、どうやって引っ越しのカネを貯めたのかは、真琴には秘密だった。

大きな仕事で大阪に行くと嘘を言って、実は南新宿で息を潜めてダビング暮らし。帰ってきたときにはいきなり帯封の現金を持っているんだから真琴はビックリしただろうけど、でも、それがどこから出てきたカネだろうと価値はまったく変わらないし、あって困ることはない。

引っ越してもまだ残ったカネでおれは中古のバイクを買った。

ホンダCB750。巨摩郡と同じ、赤いFB。

真琴をケツに乗せ、高尾山で紅葉を眺め、箱根ターンパイクをかけ上がった。

カネがおれに新しい経験を連れてきて、おれは新しい経験を心から愉しみ、認めたくはないが、おれはカネを好きになりかけていた。生まれて初めて自分で大金を稼ぎ出した万能感があった。

カネを稼ぐ能力を自分の中に発見し、その事実に酔いしれた。

この分なら、きっとなにをしてもうまくいく。

これが、おれの星。

おれが仕切り、おれが仕掛け、思い通りのヤツらを思い通りに欲しがらせて、頂点にまでかけ上がる。

世間なんて大したことない。

おれがおれの星を生きれば、ガタガタ言わすなんて簡単だ。

どう、三島さん?

おれは世間に負けなかったぜ。

テレビの中でギターが吼える。エンジンが唸る。
石井聰亙の『爆裂都市』。
おれが年越しに選んだビデオ。輝かしい来年に向かうおれにはこれ以上ない一本だ。
輝かしき新年。おれが認められる年。
美しき新年。価値観が動く年。
あけましておめでとう。今年こそよろしく！

16

元号が平成に変わったのは、その八日後のことだった。
世間の粛々としたムードをよそに幸せな1月が過ぎ、2月も半ばに差しかかったある日。まだ夜が明け切らない時間。多分、5時前だったと思う。部屋のチャイムがけたたましく鳴らされた。続いて「喜志さん、電報です。開けてください」とデカい声。誰だよ、こんな時間に、とブツブツ言うおれの横で、真琴が「こんな時間にあんなに呼ぶんだからきっと大変なことが起こってるんだよ。早く出てあげなよ」と言いながらベッドの中にもぐり込んだ。

「大変なことがあるなら電話してくればいいじゃん」

おれは文句と共にベッドを出て玄関へと向う。

チャイムは鳴り続けていた。

いま考えると、冷静な思考力を欠いていた。

朝からこれほど呼ばれる理由……おれには身に覚えがあり過ぎるじゃないか。

「はいはい、ちょっと待ってください。開けますから」

ロックを回し、ドアチェーンを外す。

同時だった。

金属のドアが目の前に迫り、おれの鼻をしたたかに殴りつけた。

続けて凶暴なオーラを放つ肉の厚い男が飛び込んでくる。

目の前で青いスパーク。

金属のドアとは違う、意思を持った拳。

一瞬、遅れて猛烈な衝撃。頭に割れそうな痛み。

「遅いやないか、ワレ。寒い中待たせくさって、ボケナスが！」

怒鳴り声。

声と同時に革靴の先が左脇にめり込んだ。

腹に衝撃。息ができない。

「バカヤロウ、デカい声出すな」

先ほどとは別の落ち着いた野太いしゃがれ声。まるでSIONが歌ってるみたいだ。

「それより、奥のネエチャンを、ほら」

「スンマヘンでした。おい、行くで」

関西弁の革靴が、おれを踏んでこえて行く。

続いていくつかの足がおれを踏みつけつつ部屋の中に入った。

朦朧とする意識で数を数える。
1、2、3、4人か。
そして、玄関で待つしゃがれ声。

全部で5人。しかも土足。とんだ団体様だ。

「喜志さん、だね。おれたちが誰かなんて言わないよ。寒いところ悪いが、一緒に来てもらうよ。話は、これ」

背中を丸め、急所を守るおれの目の前にビデオテープが降りてきた。「クライマックス三回保証」の字が揺れる。おれたちが作った3本目。

チクショウ。どこからだ、どこから話が漏れてこいつらおれまでたどり着いたんだ。

「用件はわかるな。人の庭先荒らしたんだ。その弁償だよ」

しゃがれ声が近づいて頭に息がかかる。タバコ臭い息。

手がおれの髪の毛をつかみ、頭が宙に引き上げられ、フローリングに叩きつけられる。

再び火花。黄色い世界。意識が飛ぶ。

死ぬのか？

おれはこいつらに殺されるのか？

「いやぁ、いやぁ、いやあ！」

部屋の奥から叫び声が聞こえ、飛びかけた意識が呼び戻される。

「やめろ。彼女は、関係ない。彼女には、手を、出すな」

もつれた舌を押し込みながら必死で叫ぶ。

途端に蹴り。

胃からせり上がってきた酸っぱい液が、口の中で血と混ざる。

「おいおい、一緒に住んでて関係ないはないだろう。関係あるんだよ、彼女もな。カネがどこに隠してあるのか、おまえが強情張って教えてくれなかった場合、彼女から聞けるかもしれねぇし、そうでなくても、女ならカネを回収する方法はそれなりにある。いいか、おれたちはプロなんだ。使えそうなものは全部手に入れておく。それが常識なんだよ」

「ガシラ、オーケーです」

奥から軽薄そうな関西弁。ガシラ？　……あぁ親分《カシラ》か。

「そうか、じゃあ寝てもらえ」

ガシラがそう答え、真琴の声が消える。

静寂。

いつもの朝のような。

「心配するな。近所迷惑にならないように寝てもらっただけだ。さてと。これでネエチャンはおれたちと一緒に行くことが決まったが、おまえはどうする？　いいんだぜ、ここにいても。おれたちはカネを回収に来た。誰から回収してもカネはカネ。おまえが来なけりゃネエチャンから取るだけだからな」

おれは必死で考えた。この窮地から逃げる方法を。

マンションと言っても壁は薄い。いまでも騒ぎに感づいている住人はいるはずだ。

叫ぶか？　警察に通報してくれと叫んでみるか？

いや、ダメだ。

叫んだら、こいつらは速攻で逃げるだろう。真琴を連れて二度と見つけることのできない場所へ。

じゃあ、他になにがある？　助かる方法はなにがある？　隙を見て逃げるか？

いや、それもできない。

おれは逃げられても、眠らされた真琴は逃げられない。おれだけ逃げて一番近くの交番に駆け込んで、すぐに警察が動いてくれても、十中八九、真琴は無事では済まない。

……払うしかない。

バレて、ここまで来られたんだ。カネを払って解決するしか手はないだろう。

必死の思いで作ったカネだが仕方ない。

カネより命だ。カネより安全だ。

カネはまた作ればいい。考えて、動いて、作ればいい。

加藤もきっとわかってくれる。

カネを払います……口を開こうとして上体を起こしたとき、今度は後ろから蹴られた。正確に、骨のないところを狙ったトゥキック。

「どかんかい。邪魔や！」

スウェット姿の真琴を抱えて男たちが外に出ていく。

クロロホルムを思わせる甘い臭気があった。

やっぱりこいつら、口先だけじゃない。本物のプロだ。

「さぁ、どうする？　おれたちと行くか？　それともここに転がっているか？」

おれに選択の余地など最初からなかった。

17

冷えきった空気の中、シーマが二台、エンジンをかけて待っていた。

前の車の後部座席に男に挟まれる形で真琴が押し込められる。

おれは後ろの車。後部座席の奥側。運転手の後ろ。助手席に関西弁、おれの隣りにガシラが座る。

真琴が乗せられた前の車が出発する。続いておれの車。

北沢通りを南に走った。２４６を左折。

まだ明け切らぬ街に車は少ない。

あっという間に池尻大橋を抜け、渋谷が近づいてくるのがわかった。

「そうそうこの車のドアロックな、いつでも開けられるから。おまえが逃げる気なら止まったときに出て行ける。いつでも気軽に降りてくれ」

渋谷警察署が右手に見えてきた辺りで、ガシラが親切そうに話してくる。

ガシラはおれに監禁ではないことを言いたいのだろうし、おれが車を降りて警察署に駆け込むわずかなリスクを嫌ったのかもしれない。もちろん、おれは降りない。真琴が意識を失ってる状況で降りられるわけがない。

それより。

誰だ、情報を漏らしたのは？

身元を隠すことには細心の注意を払ってきた。そんなに簡単におれまでたどれるはずがない。

それなのにどこから漏れた？

どうやってこいつらはおれにたどり着いた？

まず除外できるのは加藤だ。

おれと加藤は一連託生。おれを売ることは自分を売ること。考えられない。

だとすると、出演した女の子の誰か？

いや、彼女たちはおれの素性どころか本名すら知らない。

広告を出した出版社?

これもない。

広告の依頼や打ち合わせは裏の秘書サービスを通してやっている。おれにたどり着けるはずない。

まさか……真琴?

本人の自覚はなくても、急に羽振りが良くなったことを友だちに話すうちに噂が広がり、聞いた中の一人が興味を持っておれを調べたとしたら?

先を考えておれは戦慄した。

すぐにわかるからだ。

おれ一人に絞って追ったら、おれがどうやって稼いだか簡単にわかるからだ。

わかったとき、このネタを掴んだヤツがカネに詰まっていたら……。

売る、おれを、間違いなく。

「裏ビデオで荒稼ぎしたヤツがいます。居場所、知ってるんですが、買ってくれませんか?」と、歌舞伎町辺りの裏ビデオ屋へ行って言うだけだ。それでおれは売れる。高値で売れる。

いや、待て。

その前に真琴本人はどうだ?

真琴は留学するためにカネが要る。急にカネを持ったおれの周りを調べたとしても不思議じゃないし、そのカネを狙う可能性はゼロじゃない。

……おれと真琴は、一連託生じゃない。


「なぁ、聞かせて、欲しい、ことがある」

切れた口をなんとか開き、おれが声をかけた途端、左脇に激痛が走った。

「おまえ、目上の人間への言葉使い、習ってこなかったのか？」

散々蹴られたところにガシラのヒジが刺さっている。

圧倒的な痛みにミリミリと心が折れた。

反抗は痛い。服従は楽だ。反抗は痛い。服従は楽だ。

「教えて、いただきたいことが、あります」

反抗は痛い。服従は楽だ。反抗は痛い。服従は楽だ。

「初めからそうやって言えば良かったんだ。で、なんだ？　聞きたいことって」

「おれ――いや、僕がビデオを作っていることを、どうやって、知ったんですか？」

「調べたんだよ。独自のルートでな」

「誰かから、密告があった、というわけでは、ないですか？」

車は渋谷で明治通りに入った。明るくなってきた道路にカラスが群れている。

「へぇ、あながち馬鹿じゃないようだな。そうだよ、タレコミがあったんだ。おまえを売るタレコミがな」

おれは反射的に、前を行く車の後部座席を見てしまう。

そのおれの視線をガシラが捉える。

「おまえまさか……ネエチャンがタレこんだと思ってるのか？　ははははははははは。傑作だ。これは傑作だ。はははは。それで、なんだ？　ネエチャンに売られたんなら、サッサとここから逃げようってわけか。まったくよ、おい、聞いたか？」

ガシラが助手席の関西弁「ナニワ」に声をかける。

「聞きました」ナニワが嘲笑うような目をおれに向ける。「サイテーやな、おまえ。自分でヘタ打って、オンナ巻き込んで、その上、疑うやなんて。ホンマ、ゲスやな。あの女もつくづくアホですよ。こんなカスに引っかかったばかりに怖い目に遭わされて。しかも、カネが出てこなきゃ風呂行き。あまつさえ疑われるなんて、たまったもんやないですわ」

ナニワと運転席の男がゲラゲラと笑った。

確かにおれはカスかもしれない、ゲスかもしれない。

けど、おれを売ったのが真琴じゃないという証拠はない。

捕まったときのことを考えてみろ。おれ一人なら逃げることができた。大声出すこともできた。それができなかったのは真琴がいたから……。

「マジでおまえ、サイテーだよ。はっきり言ったらどうだ。ボクちゃんは逃げたいんです。でも、理由がないと逃げられません。だから、嘘でいいんでボクちゃんに逃げていい理由をくださいって。ははははは、サイテーだ、サイテー。笑えるくらいにサイテーだ。でも良かったよ、おまえがサイテーで。こういうクズなら潰しちまってもお国の損失になりはしねぇからな」

ガシラが腕を上げる。

また殴られるのかと、おれは身体を固くする。

「殴る価値ねぇよ、おまえなんかに」

原宿を過ぎ、千駄ケ谷を過ぎても、車はまだ直進した。

「ついでだから教えといてやるよ。おまえ、稼いだカネを残らず出したら許してもらえると思ってるなら、その考えは甘いぜ。その程度で許すほどおれたちはぬるくない」

ナンダッテ？　有りガネ全部出せばそれで終わりじゃないのか？

それでもダメなのか？　じゃあ、おれはどうなるんだ？

半殺しか？

全殺しか？

「取ってやるよ。おれたちに恥かかせた分、取ってやる。あと少しで事務所に着くから覚悟して待っとけ」

それを最後にガシラは口を閉じた。

ナニワも運転手も、示し合わせたかのように黙る。

沈黙がおれの身体を締めつける。プロの恐怖のコントロール法。殺されるほうが楽かもしれない。

車は職安通りを越えた辺りで右折し、路地を目まぐるしく通り抜けた。

「着いたぜ」

誰かが発した言葉の先に、金融会社の看板があった。

18

7階建てくらいのビルだった。

車から降ろされ、玄関に引きずられながら看板を見る。決して大きくはないが、角地に建っているため張り出し看板がよく目立った。鍼灸院がひとつ、職種のわからない会社名がいくつか。

真琴も車から引きずり出され、来たときと同じ体勢で担ぎ上げられる。


玄関は茶色いタイル張り。

正面に赤い扉のエレベーター。エレベーターの左奥に階段が見えた。

ボタンを押すナニワ。エレベーターが駆動する音。真琴を担いだ男たちが軽く挨拶し通り抜ける。下っ端は階段。ガシラとナニワとおれは定員6名の小さな箱へ。

3階のボタンが押され、地面が上がる感覚。すぐに到着しドアが開く。下っ端たちが待機していた。短い廊下の向こうで開かれた扉へと、おれは連れていかれた。

中に横長の受付テーブルが見える。テーブルの奥はどこにでもあるオフィス風景。向かい合って置かれたスチール机。予定の書き込まれたホワイトボード。右の壁は書棚が一面に置かれている。受付テーブルの左端に据えつけられたバタ扉を下っ端が開ける。悠然と抜けるガシラ。オフィスの左奥には別の部屋へと続く木の扉。また下っ端が開け、おれたちは中に入る。

八畳ほどの応接室だった。

部屋の奥にガシラの席と思われるマホガニーのデカい机。その手前に応接セット。大理石のテーブルを挟んで黒革のソファが置かれている。右側は窓で、左壁にはマチスのリトグラフ。正面の壁には、マホガニーの机を見下ろすように神棚。部屋はここで終わりのようだ。

「まぁ、ソファにでも座ってくれ。茶は出さないがな」

ガシラがしゃべると同時に下っ端が駆け寄ってきて、おれをソファへ押す。

蹴られまくった身体に力が入らないおれは、倒れるようにソファに沈む。

「うっ。あっ。あの。彼女は、どこにいるんですか？」

座った瞬間に身体の悲鳴。続いて、姿の見えない真琴を探す弱い声。

「なんだよ、さっきは置いて逃げようとしたくせに、今度は偉そうに彼氏面か。ここでそんなこと言ってもネエチャンには聞こえないぜ。別の場所で静かに眠ってもらっているからな。心配するな、指一本触れてねぇ、キレイな身体のままだ。いまはな」

おれの前に1枚の紙が差し出される。

「でも、おまえがその紙にサインしなかったら、すぐに彼女に出番が回ってくる」

紙に目を落とす。そこに書かれていた文字。

『賃貸借契約書』。金額は……。


え？　えええええ？

えええええええええええ？

さ、さ、三〇〇〇万だって？


そんなカネ、払えるわけない。

今回少し稼いだからって、それはただの一回だ。

他に稼いだカネはない。貯金だってない。

乃木坂は契約社員だから安月給。三〇〇〇万なんてカネ、どうしたって払えない。

おれはガシラを見上げる。懇願の眼差し。

おれが口を開くまえにガシラが言葉を投げてきた。

「おまえがいくら稼いだかなんて、こっちはどうだっていい。おれたちがおまえに貸した金額が三〇〇〇万円なんだ。キッチリ返してもらうぜ、利息29％でな」

29％の利息……呆然とした頭で必死に計算する……。

三〇〇〇万×29……30％だと年に九〇〇万……九〇〇万！

無理だ、無理だ、無理だ。利息だけでひと月七〇万超えなんて、無理だ、無理だ、無理だ、絶対。いまの唯一の収入である乃木坂の給料は一五万だから五〇万以上足りないことになる。無理だ、無理だ、無理だ、無理だ、無理だ、無理だ、無理だ、無理だ、無理だ、無理だ、無理だ！　無理だ、無理だ！　無理だ、無理だ！　無理だ、無理だ！　無理だ、無理だ、

どうする？

どうすればいい？

どうしたらなんとかなる？

とにかく無理なんだ。いまおれにカネはない。どうしたってどうにもならない。

けれどなんとかしないといけない。

どうしたらいい？

なぁ加藤、どうしたらいい？

そうだ！　加藤だ。加藤、加藤、加藤だ。加藤に頼むしかない。捕まったのはおれだが、おれたちは一蓮托生だ。おれがマズいことになれば、加藤の会社での立場も、もっといえば親父さんの政治家としての立場もマズいことになる。まずは預けてある一五〇〇万を全部出してもらって、足りない分は貸してもらえるよう加藤から親父さんに頼んでもらおう。一時だけ親父さんからカネを借りて、一気に借金を払ってしまうんだ。カネは返す。なんとしてもカネは返す。当てがないわけじゃない。おれにはまだアイデアがある。今回はたまたま運が悪かったんだ。次は失敗しない。とにかく、加藤に電話しよう。

「あの、その金額、一気に払っても、いいですか？」

なんとか呼吸を整え、おれはガシラに向って言った。

「もちろんだ。途中で自殺なんかされて取りはぐれるよりは一気に返してもらったほうが気持ちがいい。おう、払えるんなら一気にくれや」

「電話を、貸して、ください。友だちに相談してみます」

「貸してもいいが電話代は五秒ごとに一〇〇万だ。それが嫌なら、そうだな、おまえなかなかのアイデアマンって聞いてるからな。電話代として話せや、カネの成るアイデアをひとつ。気に入ったら電話代をタダにしてやる」


カネを産むビジネスのアイデア。

あるにはある。けれどそのアイデアは、万が一、レイブで追加資金が必要となったときに使おうと思っていた秘蔵のネタだ。ここで言ったらすべてが終わり。こいつらに持っていかれて、おれは使うことができなくなる。

……だけど。先よりいまだ。

いま、この場をなんとかしないと、先のことなど考えられない。

「わかりました。僕が、次に考えていた、アイデアをしゃべります」

「素直でいいな。若いうちはそうでなくちゃダメだ」

おい、とガシラがあごを振ると、下っ端がテーブルにレコーダーを乗せる。

「録音するからデカい声でしゃべれ。録音、準備いいか？」

はい、大丈夫です、と下っ端が声を出し、おれは腹に力を入れた。

「考えていたのは、テレクラです。渋谷や新宿にある、あのテレクラです。それを、オフィス街に、休憩所のように、出そうと。ターゲットは、サラリーマンです。喫茶店で時間を潰すのと、同じ感覚で、気軽に、入って欲しいので、オフィスビルに入居して、電話も、いまのテレクラのように、早い者勝ちで取り合う、のでなく、順番にブースにつなげる、システムにします。隠れて入る、必要のない、場所にある、明るく清潔で、必ず話せる保証つきの、テレクラです。話せる、保証をつけるため、かかってくる電話には、サクラを入れる、必要が出てきますが、利用料を高めに、設定するので、採算は充分にとれると、計算しています」

「ほう、なかなか面白いじゃないか。確かにそれはウケそうだ。でもそれだけじゃないだろう？もっと隠していることがあるだろう？　それだけじゃ大儲けとはいかないからな。話すなら全部話せよ。おれも手荒なことはしたくないんだ。さぁ、言えよ。隠してるアイデア、話してみろよ」

さすがにプロは鋭い。これだけではお客自らが争って来店してくれるわけはなく、つまり、商売としてブレイクしない。それをよく知っている。できれば話したくないと隠した、最後の悪あがきがムダに終わった瞬間。

「パチンコ、と同じです。当たりを、出すんです」

「当たり？　なんだそりゃ。しっかり説明してくれや」

おれはすべての計画を話した。

「たとえば、電話で逆ナンされて、会ってみたら、それがすごく可愛い子で、そのままセックスまでできたら、普通の男は、どうするでしょう。連絡先を、聞くんじゃないでしょうか。でも女の子は、絶対に連絡先を教えず、またテレクラに電話する、としか言わないんです。これが、『当たり』です。このテレクラには、こんな当たりが出る、って噂が広がったら、どうでしょう」

「なるほど、そりゃあ当たるわ。利用料をふんだくっても、次から次へと客が来る。当たりのネエチャンにギャラ弾んでも、充分に儲かるわけか。それに噂が広まってしまえば、もう当たりを出す必要がない。あとは噂が噂を呼んで自動現金回収所になる」

ガシラは飲み込みが早い。

カネ儲けの天才は、カネが好きなヤツからしか生まれないのがよくわかる。

「おまえ、いいな。うちにスカウトしたいくらいだ。もちろん借金を完済してからの話だがな。よっしゃ。約束は約束だ。電話貸してやるよ。電話代はおれのおごりだ。気にせずジャンジャンかけてくれ」

マチスの横にかかった時計に目をやる。

6時18分。

まだ加藤は寝ているだろう。悪い加藤。助けてくれ。

おれは祈りながら、加藤の部屋の番号をプッシュした。

加藤はすぐに動いてくれた。寝ぼけて電話に出たものの、おれが事情を話すとすぐに状況を把握し、十分後にもう一度電話をするように言った。

だけど、おれは電話をしなかった。十分もしないうちに机の上の電話が鳴ったからだ。

ガシラが出た。出た瞬間に背筋が伸びた。

「はい、わかりました。いえ、そんな。はい、滅相もありません。はい、はい、今後とも、はい、どうぞよろしくお願いします。ありがとうございました」

高価な置物を置くようにそっと受話器を戻し、忌々しげな視線をおれに送ってくる。

「おまえ、いい友だち持ってるな。おしまいだとよ、チクショウ。おまえの両腕と両足の骨折って動けなくして、そのおまえの目の前でネエチャン輪姦して、それを撮影したビデオをおまえが集めた客のリストに売ってひと儲けしようと思ってたのによ。お愉しみが台なしだぜ」

ガシラは乱暴にタバコをくわえた。

脇から火のついたデュポンが伸びてくる。

「おい、ネエチャン連れて来い」

ガシラはオフィスに向って怒鳴りつつ、デュポンを差し出した若い男の顔面に拳を叩き込んだ。

ボグゥ。

鼻が折れた音がした。ううと呻き、殴られた男が鼻を抑え出ていく。

しばらくの沈黙。

長い長い数分間の後、ぐったりとした真琴が運ばれてきて、ソファのおれの横に投げ出された。

その上にガシラが一万円を飛ばす。

「タクシー代だ。目の前に紙にサインをしたら、サッサと帰れ。ムナクソ悪い」

サイン？

なにを言ってるんだ？

カネは加藤の親父が立て替えてくれるんじゃなかったのか？

それともこいつ、二重にぶんどるつもりか？

おれは真琴の頭を静かに起こしながら言った。

「なぜ、です？　おカネの話は、ついたんじゃ、ないんですか？」

おれは真琴の左腕をおれの頭にかけ、どこにも怪我はないか探りながら聞いた。こんな最低の朝にただひとつ救われることがあるとしたら、それは真琴がずっと眠ってくれてたこと。最低のおれを見ずに眠ってくれてたことだ。

「おまえなにか勘違いしてないか？」

タバコの煙とともに、ガシラがひどく冷静に言葉を吐いた。

「このカネはおまえが払うんだよ。それで話がついてる。嫌だって言うならいまの話は全部なし。おまえは腕や足の骨を折られ、ネエチャンはビデオ出演。どっちでも好きなほうを選べ。おれはむしろ、いま言ったのがいいけどな」

立ち上がって振り返ったおれを見て、ガシラが歯を剥いた。

19

目が覚めたら、真琴はいなかった。
あのあと、おれはサインをし、真琴を担いでタクシーに乗り、なんとか部屋までたどり着いて、そこで気を失った。どれくらいそうしていたのか、身体中の痛みで目が覚めたときには、真琴はいなかった。荷物もキレイに消えていた。いつの間に出て行ったのかは、まったくもってわからない。が、全部仕方ない。おそろしい目に遭わされて、三〇〇〇万の借金を抱えた男のもとになんかいられるわけがない。

これで良かったんだ。
真琴が無事だったことを喜ぼう。
真琴はおれと一緒にいないほうがいい。
月に七〇万を超える利息を払い続けるなんて不可能だ。
返済が滞ったら、ヤツらはいつでも来るだろう。
そんなおれと一緒に居たら、真琴はまた狙われる。

負け惜しみじゃなく、本当にこれで良かったんだ。

おれは一人で大丈夫、と。

そう思った瞬間おれはまた気を失い、気づいたときには病院にいて、それから数日間入院をした。


毎日いろんな人が見舞いに来てくれた。

「どうしてこんなことになった?」

見舞いに来てくれた人は、ほぼ例外なくおれに聞いた。

酔っぱらって喧嘩した。泥酔してたから相手はまったく覚えていない。ひょっとしたら喧嘩ですらなく、一人で派手に転んだだけかもしれない。

おれはそう繰り返した。

みんな最初は怪訝な顔をした。

が、おれは酔うと記憶をなくすことが多かったから、それが幸いして最後はなんとか信じてもらえ、警察沙汰にはならなかった。これ以上の揉めごとを避けたかったおれは、自分の酒癖に感謝した。自慢にも慰めにもならないけど。

でも、加藤だけは顔を見せてくれなかった。それどころか、まったく連絡がとれなかった。入院中に何度か公衆電話から連絡したが、会社に電話すると、いつも席を外しているし、部屋に電話してもいつも留守電が答えるだけ。

嫌な感じがした。

まさか加藤もヤツらに捕まったんじゃないだろうな。

それで加藤は強情張って、大変なことになってるとか……。

おれは加藤の状況を知りたかった。だけど入院中ではどうしようもない。

ビデオの件があるので、加藤の会社関係の人に聞くわけにもいかない。ジリジリした。なにが起こっているのか、どこから情報が漏れたのか……早く加藤と話したかった。

けれど。次の日も、三日経っても加藤に連絡がつかなかった。

たまたま運が悪いのだろう。

おれは無理矢理自分を納得させた。


退院して、四六時中連絡しても、やはり加藤とは連絡が取れなかった。

一応、会社には出ているみたいだから、ヤツらに捕まってひどい目に遭ったのではないようだ。

加藤は無事。それはひと安心。

でも連絡はとれない。

会社では席を外しっ放し。部屋はいつも留守電。業を煮やして直接会社に行っても加藤の姿を見ることはなかったし、伝言を頼んでも折り返しはかかって来ないし、何時に訪ねても部屋は無人のまま。まさか半年間会わないでおこうって約束を、いまでも律義に守っているのか?

いや、ないいな。そんなバカな話は。

第一、加藤はあの朝、おれからの電話を取り、すぐに動いてくれた。つまり事態を知ってるわけで、だからそれはあり得ない。
じゃあ、加藤がおれを捨てた？
いや、これも考えられない。加藤がおれを切るわけがない。おれたちは一蓮托生だ。弱みも握り合っている。加藤がおれを裏切れば、おれはビデオのことを会社やマスコミにリークする。裏切っていい目が出るとは考えられない。
加藤本人に連絡がつかないならと、親父さんの事務所や議員会館に電話した。
でも、電話に出たヤツは親父さんに取りついでくれなかったし、加藤の消息も教えてくれなかった。北鎌倉の実家にも電話したが、加藤の部屋と同じく、留守電が答えるばかりだった。
そうこうするうちに、第一回目の利息返済日が巡ってきた。
おれは乃木坂に給料の前借りをし、バイクを売り、有り金を集め、なんとか利息分を払った。
でも来月は、もうカネに換えられるものはない。明日からの生活費だってない。
どうしよう、カネをどうしよう、カネを、カネを、カネ、カネ、カネ、カネ、カネ、カネ、
カネ、カネ、カネ、カネ、カネ、カネ、カネ、カネ、カネ、カネ、カネ、カネ、カネ、
カネ、カネ、カネ、カネ、カネ、カネ、カネ、カネ、カネ、カネ、カネ、カネ、
カネ、カネ、カネ、カネ、カネ、カネ、カネ、カネ、カネ、カネ、
カネ、カネ、カネ、カネ、カネ、カネ、カネ、
カネ、カネ、カネ、カネ、カネ、カネ、カ
ネ、カネ、カネ、カネ、カネ、カネ、カネ、

カネ、カネ、カネ、カネ、カネ、カネ、
ネ、カネ、カネ、カネ、カネ、カネ、
カ、ネ、カネ、カネ、カネ、カネ、
ネ、カ、ネ、カ、ネ、カ、ネ、カ、ネ
カネ、カネ……。


おれは必死で働いた。

朝まで営業の居酒屋でバイトを始め、休みの日には日雇いに出かけ、体力の限り働き続けた。

起きてる間も、寝て見る夢でもカネのことばかり考え、できることは全部やった。

カネがいる。

あと何十万かのカネがいる。

あと何日でカネがいる。

歩くときは落ちてるカネを探していつも下を向いていた。自動販売機があると釣り銭口に手を突っ込んだ。そんなことじゃ追いつかないけど、そんなことしか思いつかない。返済日まで一週間を切ると、余裕は完全に消えた。

あとは、加藤。すべては、加藤。

加藤とさえ連絡がつけば、事態は一気に良くなる。

加藤しかいないんだ。いまのおれを救ってくれるのは加藤しかいない。

居酒屋のバイトが終わると、おれは松涛にある加藤のマンションを毎日訪ねた。いつ行っても加藤はそこにいなかったが、加藤のマンションしか行くべき先として頭に浮かんでこなかった。

客足が鈍く、午前2時前にバイトを上がることになったその夜も、おれは加藤のマンションを目指した。朝方にはいない加藤だが、この時間ならいるかもしれないという淡い期待を抱いてマンションに向かい、加藤の部屋に行き、チャイムを鳴らした。

けれど、やはり、応答はない。

扉の前に倒れるように座り込む。

腹減ったなぁ……。

こんなときでも人間は腹が減るんだ。

夜空を見上げる。

ビルの灯で黒く反射する夜空。

星ひとつない。

不意に、感傷が駆け上がってきた。

おれはどうしてこんなところで、こんなことをしているんだろう?

どこで選択を間違ったから、こんなことになったんだろう?

ぐっとくる、胸が詰まる。でも我慢。絶対、我慢。

ここで崩れたら負けるから。

ここで折れたら終わるから。

カネに追われて、カネしか考えられない毎日だけど、でもまだおれは負けてない。終わってもいない。それどころか預けてある一五〇〇万を加藤から受け取れれば、逆転の目は充分ある。そのカネを元手に、三〇〇〇万でも五〇〇〇万でも作ってやる。

おれにはそれができる。

それがおれの星だから。

おれが仕切り、おれが仕掛け、思い通りのヤツらを思い通りに欲しがらせてカネを稼ぐ。

それがおれの星だから。

なぁ加藤、そうだろ?

おれの星を、おまえも信じてくれるだろ?

だからおれはこうして加藤を待つんだ。

加藤と会うことさえできれば、おれの星は光りだすから。

おれは加藤を待った。ただひたすら加藤を待った。

絶望の底の、希望の時間。

20

どれくらいそうしていただろう。

その夜、何台目かのタクシーがマンションの下に停まった。

この階じゃないといいな、この階の住人だとこうして座り込んでいるおれは通報されるかもしれないから……そんなことを考えながら、あいかわらず夜空を見ていた。

こんなときの悪い予感はよく当る。

おれのいる階にエレベーターが止まる気配がした。

横目で見る。

中からカップル。

やれやれ座っちゃいられないな。

おれはヨロヨロと立ち上がり、顔を上げて、そしてその場で凍りついた。

そこにいたのは。

加藤と真琴だった。

え?

これは夢か?

なにがどうなってる?

「ほら、やっぱりいたじゃないか。おれの言った通りだろ、真琴」

おれの前で、あの独特の誰にも真似できない柔らかな声で加藤がしゃべる。

「……ごめんなさい」

わずかの間があり、それから聞こえるか聞こえないか、消え入るような声で真琴が言い、その真琴の顔から目が離せなくなっているおれに「おまえ、なに真琴に謝らせてんだよ。ふざけるな！」と加藤が言った。真琴はおれと目を合わせることなくおれの脇を通り抜け、二人は鍵を開け加藤の部屋に消えていった。

なんだ、これ？

夢なら覚めろよ……。

力なく廊下にへたり込んだおれの横で、再びドアの開く音がした。呆けたツラのまま上を見ると、ひどい表情の加藤がおれの肩口に影を落としていた。

「残念、これは夢じゃない。現実だ。おまえにこの現実を見せるために、おれはわざわざここに帰ってきたんだ。ついて来いよ、おまえが現実を知りたいならな」加藤はエレベーターに向かう。おれは催眠術をかけられたようにノロノロとその後ろをついて行き、同じエレベーターに乗った。

なにが起こっているのか、まったくわからない。

わかっているのは、おれの希望が絶望の底に飲み込まれてしまったことだけだ。

加藤のマンション近くの、池と水車が自慢の公園の、入ったすぐの滑り台脇。

おれは加藤と向かい合った。

なにから話していいか、頭が回らない。

「カネだよ、加藤。とにかくカネを返してくれ」

口を開いたおれから出てきたのは、自分でも予想しない言葉だった。

違う。おれが言いたいのはそんなことじゃない。

だけど、口からでたのはクソみたいなカネの話。

カネに縛られたおれのヘドが出そうな断末魔。

「返せ？　なんのことだ？　おれにはなんのことかわからないぜ」

トゲ。初めて聞く、ささくれ立った加藤の声。

瞬間でおれの心が沸騰した。

「ふざけるな、バカヤロウ！　ビデオのカネだよ！　おれが考えて、おれが作ったビデオのカネだ。ヒキガエルみたいなてめぇの親父に預けただろう、一五〇〇万。そのカネをおれに返せって言ってんだよ！」

「知らないな、ビデオなんて。一五〇〇万なんて大金預かってもないし。預かり証でもあんのかよ」

肝が冷えた。冷え上がった。

本当のヒキガエルは誰だったのか。おれの胸に激烈なものが走った。

こいつ。初めから計画的だったのか。

……なら、おれだって。

「いいのか、加藤。おれはしゃべるぜ。おまえが裏ビデオを作っていたこと、いや、出演していたこと、おまえの会社に全部言う。その資金を出していたのがおまえの親父だってことも友だちの新聞記者にリークする。いいのか、それでも？」

「いいよ。やればいい」

加藤は臆する風もなく言った。

「ビデオを作ったのはおまえだ。おれの名前はどこにも残っていない。やれよ、言えよ。出演男優がおれに似てるとか、あることないこと言いふらしな。言って回るおまえが二度と業界で仕事できなくなるだけと思うがな。それに、資金？　なんだそれ？　どこからも誰からもカネなんて流れてないよ。おまえが新宿の金融会社からカネを借りただけだろ」

加藤、おまえまさか……まさか……まさか……。

「そうだ、おれだよ。おまえを売ったのはおれだ」

聞きたくなかった言葉。おそれていた言葉。

加藤がおれを売った。

声が出ない。言葉が出てこない。

加藤への憎悪で、目が眩む。

「おれはおまえが気にくわなかったんだ。初めて飲んだあの晩から、おれはおまえが気にくわなかったんだよ。ちょっと認めたフリしたらバカみたいに熱い目しやがって。カネを憎んでる？　センスと才能でカネに復讐する？　はっ。笑っちゃうね。笑っちゃったよ。そういうカネの力を信じないヤツにはカネの力を使ってな、徹底的に惨めな想いをさせてやるしかねぇだろ」

そこには邪悪なヒキガエルが、顔をゆがめてこちらを睨んでいた。

「いいか、この世はカネなんだ。それをなんだ？　おまえって小兎みたいに危険察知能力が高いんだな。カネを貸してやるって言っても回避するとかハメどころを全部かわしやがって。正直苦労したよ。テレビのドッキリ並みの仕込みをしないといけなかった。まったく、貧乏人の負け犬が手間かけさせやがってよ、ぶばっ」

おれに向ってツバが飛んできた。加藤の目には憎悪が浮かんでいた。

だが、おれの憎悪とは比べ物にならなかった。おれを裏切った、おれの信頼を裏切った、おれの数年間を裏切った、おれの星を裏切った、こいつを許すわけにはいかない。

「一生、陽のあたらない妾の子は僻みがひでぇな、加藤！」

抉ってやる。心をズタズタにしてやる。

「ヒキガエルの臭いチンポしゃぶるしか能のない母親が、腰振りながら汚ねぇザーメン受けてできた子だけのことはあるぜ、なぁ、おい、妾の子！」

その刹那。加藤の右の拳がおれの顔面をとらえた。

唇にぬるりとした液体。鼻血とは、好都合だ。

「おおおおお、わぁぁぁぁぁぁ、痛い痛い痛い痛い。

殴ったな、しかも血が出た。告訴だ、おまえ、傷害で告訴してやる」

おれは笑みに顔を引きつらせて叫んだ。

「このまま警察へ行くぜ。そこでついでにビデオの件もぶちまける。おれは持ってるんだよ、おまえの顔が映ってるシーン、おまえがおまえのチンポを女にぶっ込んでるシーンだ。マスコミにも流してやる。おまえの親父がカネを出したことも含め、全部話してやる。いいか、妾腹のクソ野郎！　おれはやるぜ！」

「あぁ、やれよ！　言えよ！　訴えろよ！　傷を増やしてやるからよ！」

おれが反撃しないことを知った加藤はさらに拳を繰り出し、蹴りを放ってきた。

致命傷にならないようにそれを受け、全身に痛みが回ったところで加藤の足を払い地面に転がす。

「地面に転がってるのが似合うな、おまえ。おれが警察で全部しゃべり終わるまでそうやって這いつくばってろ、カエル野郎！」

上半身を起こした加藤から視線を切り、渋谷警察へ向かうべく踵を返す。

「行くなら行けばいい。行けよ、勝手に。そして言えばいい。好きなだけ語ってこいよ。だけどな、喜志！　それでなにが変わるんだ！　借金は減らないんだぜ」加藤は追いかけようともせず、むしろ勝ち誇ったように言った。「いいのか、それで？　返せなかったら来るぜ、あの連中。殴りによ、蹴り上げによ！　いいのか、それで？　これからの人生をずっとどうしようもない借金抱えて惨めに怯えて、おまえはそれで生きていけるのか？　あん？　喜志。おまえは、それで生きていけるのかよ！」

加藤の言葉で、忘れていた現実が降りてきた。

同時に、ヤツらの暴力が身体に蘇る。

おれたちの喧嘩とは次元が違うデタラメな暴力。

頭をかすめただけで心が折れる力。

カネができなきゃ必ずやってくるデタラメな暴力。

「おれなら、救ってやれるぜ。カネから。おまえを」

カネからの自由?

足が止まった。

「世の中、カネなんだよ、カネ! おまえ、カネなんてクソ喰らえって言ったよな。じゃあ、なんとかしてみろよ。いまのおまえの状況をおまえの力でなんとかしてみろよ!」加藤の雄叫びが夜の公園に響く。「いいか、カネは力なんだ。カネのあるヤツが勝ち、カネのないヤツは負けるんだ。そういうシステムなんだよ、この世の中は! おまえが自分で稼いだって言うビデオだってな、おまえは実はなにもしちゃいないんだ。女用意したのも、おれ。オヤジを紹介したのも、おれ。場所セッティングしたのも、おれ。全部おれだ!」

歯ぎしりしながらおれは振り返る。

でも、なにもできない。なにも言えない。

「おれがいなかったら、おまえはなにもできないんだ。おれがいなかったらおまえはアイデアを頭の中でグルグルグルグル回していることしかできないんだよ! 現にいまはどうだ? おまえにカネを稼ぐ力があるなら稼げばいいじゃないか。稼いで返せばいいじゃないか。できねぇんだろ? できねぇんだよ、おまえは! できねぇんだよ、言うばっかりで! おまえは頭の中だけで生きてるんだ。実力なんてクソほどもない。いいか、おい、おまえには、なにも、ないんだ! なにもできなんだよ!」

違う、違う、違う！　カネがなくても世間を変えることはできる！

変えることができるって三島さんは教えてくれた。

そのはずなんだ……。

「世の中はカネなんだ。カネこそが力だ。力こそが世界だ。才能だとかセンスだとかはみんな使い捨てなんだよ。そんなものに価値はないんだ。価値がないどころか、プライド持つだけ始末が悪い。なんだ？　悔しいのか？　いいぜ、悔しかったら殴っても。警察に駆け込むのもいいだろう。救いの手を自ら捨てて、それでカネに追われカネで狂って自殺するのも一興だ。それこそが本当のマネーマッド、憧れのホモ野郎と同じでいいんじゃないか？　さぁ、どうする喜志、選べよ！」


おれは石を拾う。

滑り台とブランコの中間に落ちていたソフトボール大の石。

狙いは左のアバラだ。

数本が折れるまで殴り続けてやる。

アバラは固定できないから。

呼吸する度に痛むから。

アバラを狙ってへし折ってやる。

左だけじゃなく右のアバラも、利き腕の骨も折ってやる。

三島さんをバカにした加藤は、絶対許せない。許しちゃいけない。
そう思って近づいたのに……。
できなかった。
なにもできなかった。
救ってやれる、と加藤がそう言ったからだ。
その言葉に縋《すが》りたかったからだ。
「助けて欲しけりゃ土下座しろ。土下座して、おれにすがれ！」
加藤の声。
不意に三島さんの言葉が蘇る。

カネが欲しいなら土下座すればいい。
カネを握っている相手に土下座して重要な情報をもらえばいい。
他人より早く儲かる情報をもらえばいい。

これが世間か？
これが、三島さんの負けた世間か？
くだらねぇ、くだらねぇ、くだらねぇ。
世間なんてくだらねぇ。カネなんてくだらねぇ。自分らしさなんてくだらねぇ。

世間や、カネや、自分らしさに縛られて死んでいった三島さんもくだらねぇ。カネをバックにおれを踏みにじろうとする加藤は史上最低にくだらねぇ。全部、全部、くだらねぇ！　どいつもこいつもくだらねぇ！

「加藤、頼む。助けてくれ」

けど、おれは土下座をしていた。

「月に一〇〇万なんて無理なんだ。稼げなかったらあの連中が来ると思うと足が震えるんだ。あの連中のことを考えるとカネのことしか見えなくなるんだ。カネが欲しい。カネを稼ぎたい。カネカネカネカネ、もうおれはカネのことしか考えられない。そうだよ、狂いそうなんだ。だから頼む、お願いだ、助けてくれ。力を貸してくれ」

加藤の靴の前に両手をつき、土に額を擦りつけて、おれは助けを乞うていた。

「なんでもするから。加藤の言うこと、なんでもするから……」

「じゃあ、おれの靴を舐めてみろ」

靴を舐めればいいのか、舐めれば助けてくれるのか。

舐めるよ、おれ。いくらでも舐めるよ。舐めるから助けてくれよ。

四つん這いで加藤に足元に進み、犬のように靴を舐めた。

信じらんねぇと言われ、汚ないからもうやめろと足蹴にされても、おれは加藤の靴にまとわりついた。

「助けてくれよ。舐めただろ、助けてくれよ！　おれをカネから自由にしてくれよ！」

「おまえ、星の話はいいのか？」

「なんだよ、星って。そんなものどうでもいいよ」

「自ら、自分の星を捨てるんだな？」

「あぁ、捨てる。おまえが捨てろって言うなら捨てる。だから、だから、助けてくれ」

おれは加藤の足を強く抱いた。絶対に放すもんかと、強く抱いた。

「わかった。じゃぁ一週間後、もう一度ここに来い。東京を離れる準備して、部屋も会社もキレイに全部整理して、最低限の着替えだけ持ってここに来い。そしたら、おまえを救ってやる。」

「ありがとう、加藤。恩にきる。おれ戻ってくるから。言われたことやって一週間後に戻ってくるから、だからもうひとつ、お願いします。今度の支払いを待ってもらえるよう、新宿の会社に連絡入れてもらえませんか。この通り、お願いします」

めり込むほど、おれは額を地面につけた。

「もういいよ。よくわかった」

肩にぬくもり。

頭を上げると、目の前にしゃがんだ加藤の優しい顔があった。

「新宿のことはもう心配するな、おれが電話しておいてやる」

急に加藤の声が優しくなり、こらえていた涙が一気にこぼれる。

おれが、おれに負けた瞬間。

一生忘れられなくなる光景。

一週間後、同じ公園でヴァンに乗せられた。
おれは自分を捨て、世間に負け、そしてどこかに売られていく。
どこに売られていくかなんて、そのときは気にすらならなかった。

第4章

奪い取る手

カネが欲しい。

なければ、顔の形が変わるまで殴られるから。

カネが欲しい。

なければ、虫ケラ以下の生活に落とされるから。

カネが欲しい。カネが欲しい。カネが欲しい。カネが欲しい。カネが欲しい。カネが欲しい。カネ、カネ、

カネ、カネ、カネ、カネ、カネ、カネ、カネ、カネ、カネ、カネ、カネ、カネ、カネ、カネ、カネ、カネ、

カネ、カネ、カネ、カネ、カネ、カネ、カネ、カネ、カネ、カネ、カネ、カネ、カネ、カネ、カネ、カネ、

カネ、カネ、カネ、カネ、カネ、カネ、カネ、カネ、カネ、カネ、カネ、

カネ、カネ、カネ、カネ、カネ、カネ、カネ、カネ、カネ、カネ、カネ、

カネ、カネ、カネ、カネ、カネ、カネ、カネ、カネ、カネ、カネ、カ

ネ、カネ、カネ、カネ、カネ、カネ、カネ、カネ、カネ、

カネ、カネ、カネ、カネ、カネ、カネ、カネ、カネ、カネ、

カネ、カネ、カネ、カネ、カネ、カネ、カネ、カネ、カネ、

カネ、カネ、カネ、カネ、カネ、カネ、

カネ、カネ、カネ、カネ、カネ、

カネ。

なぁあんた、カネに狂わされたこんなおれは、どうしたらいい？

決まってるよな。
奪うしかない。
奪えるところから、根こそぎ奪うしかない。

21

カネに追われる日々から逃げたくて加藤に土下座して、東京を離れる準備して、部屋も会社もキレイに全部整理して、最低限の着替えだけ持って一週間後にまたここに戻ってこいと言われた、その一週間後のあの日。
指定された午前11時の十分前に、言われた公園に着いた。着いてすぐ、びくびくしながら辺りに気を配った。ガシラの手の者がいないかどうかを、確かめずにはいられなかったのだ。目に入ったのは、数人のサラリーマンと学生とおぼしきカップルが一組。

良かった。

ホッとして、それから思い出したように、腕の辺りの匂いを嗅いで気づいた。その日までのおれといったら、正直、人じゃない有り様だったのだ。「心配するな」なんて言われたが、一度はおれを裏切った加藤だ。また裏切って、おれをガシラに売ることだって充分に考えられる。

と、いうことは？

おれは詰められる。ガシラに。ヤツらのデタラメな暴力に。

怖い、痛い、嫌だ、怖い、痛い、嫌だ、嫌だ、嫌だ、嫌だ、嫌だ！

だからおれは部屋も会社もキレイにしたあと、東京の西の外れにある廃屋で息を潜めて隠れていた。夜には野犬がうろついたり人ならぬものが漂ったりしたが、返済期限が過ぎているのに一円も送金していないおれにとっては、野犬やモノノケよりガシラのほうが何千倍も怖かった。ヤツに詰められるぐらいなら、野犬に喰われたりモノノケに取り憑かれるほうが何万倍もマシだったんだ。

おれは潜んだ、その廃屋で。買い込んだ缶詰を食い、ベッタリと変な液体のついた便器で用を足し、朝を、昼を、夜を、息を詰めてやり過ごし、身体から変な匂いがし、誰もいないのに話し声が聞こえ、けれどもおれは潜み続け、朝を、昼を、夜を、息を詰めてやり過ごし、やっとその日の朝を迎えた。久しぶりにコインシャワーで身体を洗って髭を剃り、なんとか人の形を身につけて、それから公園にやってきたのだ。
約束の時間きっかり。公園の入口に黒塗りのリムジンが停まった。
おそるおそる横目を送った視界の端で、後部ドアが開く。現れたのはガシラだった。
ガシラ……って、え？

ガシラ⁉

ヤバいヤバいヤバいヤバいヤバい、逃げろ逃げろ逃げろ逃げろ逃げろ逃げろ。
頭の中でカラータイマーが明滅する。ヤバい逃げろヤバい逃げろヤバい逃げろ。
捕まったら終わりだろ。逃げなきゃダメだ。
加藤の野郎！　やっぱりおれを売ったのか！
逃げろヤバい。クソ逃げろ逃げろ逃げろ逃げろ逃げろ逃げろ！
だけど、足が動かなかった。
恐怖で。あきらめで。絶望で。捨て鉢で。
その場で身体が固まっていた。

「なんだよ、おまえか」

強張るおれと対照的に、弛緩しきったガシラの声。

「ま、いいや。それならおまえを乗せてくまでだ。乗れ」

ガシラが言い終わると同時に、運転席から出てきたナニワが後部ドアを開けた。

ガシラが後部ドアの前から身をずらす。

え？　おれを捕まえにきたんじゃないのか？

ドアから覗く真っ赤なレザーのシートが悪魔の赤い舌に見えた。理由がどうあれ、ここでヤツらと一緒に行けば、その先には地獄しかない。そんな車に乗れるわけがない。

「さっさとせいや。日ィ暮れてまうやろ」

固まり続けるおれに業を煮やし、大牡丹を染め抜いた紺の鯉口シャツに白の股引きを履いたナニワがおれに掴みかかった。

「やめろ！　こいつは客人だ！」

「えっ？　飯場やないんですか、こいつ……」

「うるせぇ！　さっさと乗せろ！」

ガシラの一括で萎むナニワ。

でも、おれにはそれを楽しむ余裕はなかった。

ナニワが出来の悪い人形のようにカクカクと頭を下げて運転席に収まり、おれも釣られてフラフラと後部座席に収まった。

「あいかわらずものわかり良くて嬉しいよ。じゃ、行こうか」

ガシラが言うと、黒く塗られたリムジンが、重厚なエンジン音を唸らせながら発進した。


車が出ると、ガシラは押し黙った。

沈黙の中、おれの脳細胞は最悪のシナリオを描き続ける。

これでおれの人生は終わりなのか？

命を取られるのか？　臓器を取られるのか？

いや、さっきナニワが「飯場」と言っていた。

ということは、十中八九、飯場に詰められるんだろう。

誰も知らない山奥の飯場に、下郎のように売られるんだ。

そこでおれを待っているのはなんだ？

激烈な労働、栄養不足、汚い部屋、はびこるバイ菌、臭い臭い野郎ども……。


渋谷区の細い路地から山手通りに入った車が、甲州街道を右折する。窓外の高層ビルが墓標に見えた。墓場の中を、生きた棺が運ばれていく。でも、死人はおれだけ。ここから先はおれにとって、死んだほうがマシな毎日しかない。

じゃあ、いま死んだほうがいい。

飯場に詰められジワジワ死んでいくのなら、隙を見て車を飛び出して、高いビルの屋上から飛び降りて、ただの一瞬で死んだほうがいい。新宿だったらうってつけのビルを知っている。「飛び降りるならこのビルが最高だ」と、いつか三島さんが冗談交じりに教えてくれた、あのビル。

ありがとう、三島さん。おれは逃げるよ。そのビルの屋上まで。

「あの、僕は、どこに……」

逃げる隙を探るため、おれはそっと質問をする。

バックミラー越しにこちらを伺うナニワ。

「それは」一旦、言葉切ったガシラがおれのほうを向く。

「おまえ次第だ」

バックミラーの中で目を見開くナニワ。

気づいているのかいないのか、もうすぐだ、と独りごちるガシラ。

どうなってる？

このまま飯場に売られるんじゃないのか？

生き残る道があるのか？

小さな望みに、乾ききった喉が焼けた。

脳から、屋上に立つ自分を消す。

あるなら、生き残りたい。

死にたくない。加藤に復讐するまで死にたくない。

なんでもいい。一縷《いちる》の希望があるのなら、おれはそこにしがみついてやる！

22

レンガ貼りの建物の前に車が停まったのは、それから三分も経たないうちだった。

ビルと呼んでいいんだろうか。表から眺める限りは3階建て。向かって右に、上階に繋がる階段があり、左側にはスパゲティ・ハウスが入っている。他の階は看板がないためわからない。無断駐車をおかまいなくエンジンをかけたままナニワが車を降り、左右にガンを飛ばしながら大股で階段を上がっていった。

「こういうときな、いつも肉をおごってやるんだ。これから先、牛肉なんて贅沢なものにはありつけなくなるからな。仏心で、溶けそうに極上のステーキをおごってやるんだよ」

ガシラはおれをまったく見ずにそう言って、仏のように目を閉じた。

「あかん、満員ですわ。『待たすんか、ボケェ』言うたんですけど、どないもこないも……場所、変えますすか？」

ガシラとの無言の空間に、息が詰まって呼吸がひゅーひゅー言い出した頃、怒りをあらわにしたナニワが戻ってきた。

「こいつと話あるから、ちょうどいい。悪ィが、おまえは並んでてくれ」

ガシラの指示にナニワは納得いかないようだったが、それでも「わかりました」と一言発して階段を上っていった。待合席で大人しく座っているナニワを想像して、おれは少し笑えて気が落ち着いた。

「さてと」

ガシラが、おれを見る。

その目を見て、おれは確信した。

ある。これは……細い糸かもしれないが、希望はある。

おれは悟られぬように力を込めた。

目の前の細い糸を切らないよう気をつけろ。集中力を高めるんだ。

「飯場に詰めて欲しい人間が一人いる、と言われてな」ガシラは、右手の人差し指の爪を親指で弾きながら話を始めた。「おまえのお友達の父親からだ」

そこでチラリとおれを見る。

わかっている。公園にこいつが現われた時点で、加藤から連絡がいったことは明白だった。

「ただ、合点がいかないのは、『おれに行け』と強いお達しがあったことだ。クソ債務者を飯場に売り飛ばすなんて、どんなボンクラにでもできる。なのにわざわざ、おれを指名だ。そこで、どんな輩が相手かと思ったら、おまえがいた。うちの猫でも勝てるようなおまえが、だ。なぜだ？おまえ如きクズに、なんで先生はおれを動かした？　なぁ、おまえどう思う？」

……そうか、そういうことか。見えてきた、おれの僥倖。

ここを間違えなければ、きっとおれは生き残れる。

「加藤が……あ、息子のほうですが、彼がおれを徹底的に潰したいんだと……」

まずは、当たり前の返答で様子を見た。

「バカか、おまえ！」

怒声と同時に左の鉄槌がおれの胸に打ち込まれる。

右胸に走る爆発的な衝撃と痛み。

いいぞいいぞ。痛みはおれを覚醒させる。

怒りはガシラ自身に隙を作る。

「おれが動いたらいくらかかると思ってるんだ。おまえみたいな虫ケラにそんな価値があると思ってんのか？　でも、先生はそのカネを出した。カネにうるさいあの先生が、だ」

言葉にリズムをつけるように飛んでくる左の鉄槌。痛みが倍加し咳き込んだ。

そうだよ、そう。もっと打てよ。

打てば打つほど、おれはおまえの不安を感じることができる。

感じながら、おれは言う。

「だとしたら、答えはひとつしか、ありません。わからないですか？」

チャレンジ。ここで人生をかけたおれのチャレンジ。

まっすぐにガシラの目を覗き込む。

そこに張り手が飛んできた。

頭が吹っ飛ぶような、強烈な張り手。

「わかってるならさっさと言わんか！　殺すぞ、小僧！」

目の奥がチカチカする。口の中が鉄の味で満ちていく。

よし、ここだ。気力を振り絞れ。ヤツの目を見ろ。

そして、言うんだ。

「おれに、カネを稼ぐ力が、あるからです……」

口の中がズタズタで、切れ切れにしか話せない。

だけど、それでいい。

この状況は、冷静に考えれば論旨がおかしいおれの説にリアリティを与えてくれる。

「疑うなら、証明してみせます。おれの力でカネを稼いで、あなたの前に一〇〇〇万円、積んでみせます」

畳みかけろ。

ガシラが冷静さを取り戻す前に。

ヤツの「欲」を動かすんだ。

「おれを飯場に、ぶち込んだとして、回収に何年かかります？　十年ですか、十五年ですか。おれがそんなに、堪えられると思いますか？　不衛生極まりない、生活環境で、貧弱な、メシ食って、時には、ケツ掘られながらです。十年どころか、一年だって怪しい。そう、思いませんか？　でもいま、チャンスもらえたら一〇〇〇万、作ります。必ず、作ります。失敗したら、飯場でもマグロ船でも、どこでも行きます。お願いします。一〇〇〇万、作らせて、ください」

そこでおれは咳き込む。

過剰だとも思ったが、やらずに後悔するよりはいい。

エサは蒔いた。

あとはかかるのを待つだけ。

しゃべってはいけない。

先に口を開いたほうの負けだ。


永遠と感じる数十秒。

それは人生最大ともいえる、無言の押し合いだった。

「そこまで言うなら、やってみろ」

すべての計算を終えたガシラが口を開いた。

おれの中に歓喜が広がった。

でもダメだ。喜ぶのは早い。まだやることがある。

「ありがとう、ございます。やります。いえ、やらせてください。ただふたつだけ、お願いを、聞いていただきたいのですが」

はぁ？　と左手を挙げたしゃがれ声を見て、殴られる——そう思い身を丸くしたが鉄槌は飛んでこなかった。

「聞くだけなら、聞いてやるよ」

拳を高く上げたまま、ガシラはそう言った。

「タネ銭が、必要です。いまのおれは、文無しです。カネを貸して、もらえませんか？」

「……担保は？」

「生命保険に、入ります」

ガシラが険しい顔でおれを覗き込む。

退くな、ビビるな。

「まず絵を聞かせろ。気に入ったらカネは無担保で貸してやる。気に入らなかったら、その場でおまえはタコ部屋行きだ」

「三日で、計画書を、作ってきます」

「明日の9時だ。それ以上は待てん。で、あとのひとつは？」

日時の制限は、仕方ない。譲歩できる。

でも、あとのひとつは譲れない。絶対に。

「おれの借金、一〇〇〇万で許してください」

「調子に乗るな！」振り下ろされる鉄槌。「おまえの借金は三〇〇〇万だ」

でも、もう痛くない。

逆に言葉がスムーズに喋れるようになったくらいだ。

「じゃあ、おれは飯場に、行きます。このまま、おれを沈めてください。おれは飯場で、数ヶ月で、身体か精神壊して、潰れます」

「クソ野郎」

また鉄槌。また鉄槌。また鉄槌。

いいぜ、殴れよ。

リアルに一〇〇〇万を思い浮かべた時点で、おまえにはもう選択肢がない。

「アテはあるのか？」

「アテ、というと？」

「銭稼ぎだすアイデアだよ」

いや、その手には乗らない。

「あります。でも、一〇〇〇万にして、いただけないのなら、話しません」

おれを睨むガシラ。でも、もう恐怖はない。

なぜならすでに、この場はおれがコントロールしているからだ。

「二五〇〇万」

「いえ、一〇〇〇万しか、稼ぐ自信が、ありません」

「じゃあ稼いだ全額でどうだ」

「一〇〇〇万を切った場合、それでも、いいのなら」

「クソ！　……二〇〇〇万だ。これ以上は譲れない」

ここが限界だろう。妥協点だ。

「わかりました。それで、お願いします。明日、計画を話す前に、借用書を、作り替えてください」

「準備しておく」

「ありがとう、ございます」

「で、アテはあるのか？」

おれは計画をチラ見せすることにした。

「競馬で、１００％、当てます」

「あ？　競馬で？　１００％？　ぶはははは！　おまえは本物のバカか！　そんな夢物語が本当にできるなら、億でも兆でも捻り出せるだろ。ナメるなよ、小僧」

「いえ、できるんです。単勝限定になりますが、１００％、当てること」

……そう、できるんだ、おれには。

「まぁいい、続きは明日聞く。おまえこれからうちの事務所へ行け。場所はわかるな？　事務所に行って、こいつを見せて机をもらえ」

ガシラはスーツの内ポケットから名刺入れを抜き出し、おれに渡した。

『Tファイナンス代表取締役　藤井一男』。

なんだこいつ、藤井っていうのか。名前は普通じゃないか。

「逃げたら、本当に終わりだからな」

「ありがとう、ございます。逃げません。まっすぐに、向かいます。それで、その、あの、もうひとつ、成功したらで、いいんですが」

「なんだ」

「おれ、加藤に復讐、したいんです。おれに力を貸して、いただけませんか?」

「いい加減にしろ! おまえはどこまでバカなんだ! 成功したあと? そんな夢物語をみる前に、まずは必死でおれを満足させろ! 行け!」

最後にもう一度鉄槌の洗礼を受け、弾けるように車の外へ飛び出した。

23

その年、競馬は熱に冒されていた。

オグリキャップ。芦毛の怪物。

おれの地元の隣の地方競馬からやってきた三流血統のこの馬が、競馬に熱を持ち込んだのだ。

オグリキャップは、とにかく強かった。

1988年、岐阜の笠松から中央にやってくると、天皇賞でタマモクロスに敗れるまで重賞六連勝。その姿が判官贔屓を血の中に持つ日本人にドンピシャでフィットし、競馬ファンはもちろんのこと、これまで競馬に関心のなかった女子までをも巻き込んで、空前のブームを巻き起こしていた。今年は右前脚に故障が相次ぎ前半戦は休むことになったものの、熱狂は続き、あいかわらず競馬場には人があふれ出ていた。

この熱狂を使うしかない。

4月16日に中山で行われる皐月賞。そこで仕掛ける。

自信はある。あとは計画を詰めるだけ。


いやな思い出しかない抜弁天《ぬけべんてん》の事務所。

事もあろうに、痛い記憶そのもののガシラ――藤井の部屋で。おれはおれの計画を詰めた。

事務所に入るときも、藤井の部屋に入るときも無意識に身体が固まったし、真琴どうしてるだろう……なんて暝い記憶が蘇ってきたが、その度におれは自分で自分の頬を張り、目の前の計画に集中した。考えろ！　吟味しろ！　検証しろ！　修正しろ！　考えろ！　吟味しろ！　検証しろ！　修正しろ！

おれならできる。おれのセンスと才能なら、カネを掴み取ることができる。

それがおれの星なんだ。

三島さんが負けたものに負けてたまるか。

奪ってやる。見返してやる。こんなところで死んでたまるか！


翌朝。おれは完成した計画書を手に、直立不動で藤井を待っていた。

藤井の部屋で直立不動で待つように、拳骨で教えられたからだ。

ガチャリ。

9時少し前にノブが回る音。

いよいよだ。油断するな。

「おはようございます！」

心臓の高鳴りを頼もしく感じつつ、おれは藤井を見た……つもりだった。

「おはようございます。今日はよろしくお願いします」

しかしそこに立っていたのは藤井ではなく見知らぬ男で、そいつははおれに軽く会釈し、フワリとソファに腰掛けた。

この場所にまるで雰囲気の合わない男だった。

30代半ば、あるいは40代のヒゲ面。ラルフローレンのポロシャツに紺ブレ。かなり細身のジーンズにモカシンを合わせたパーフェクトな渋カジ。流行のビームスかぶれか、そうじゃなきゃシップスかぶれ。ただ惜しいかな髪の量が少ない。かなり後退した生え際を、頑張って前に持ってきている。

……誰だ、おまえ？

「おお、先生。お見えでしたか。お待たせしてすいません」

時間ちょうどにドカドカと藤井が部屋に入ってきて、おれなどまるで無視したようにその男に向かって話しかける。

おれが訝しんでいるのを気取るなり、「おれがお願いしたオブザーバーの先生だ」と言い置きながらポロシャツの隣に座り「なにしてんだ、おまえ。時間がもったいないだろ。ボケボケせずに早く聞かせろ」と、いつもより急いた声を放った。

その声を聞いておれは確信した。

藤井はおれにチャンスをくれる。


「以上です」

すべてを話し終わると、むぅ、と藤井が声にならない音を出し、瞼を指で揉んでから、静かな声でその男——センセイ（としておこう）に話しかけた。

「おれは、イケると思う。先生、どうですか？」

「質問をいいかな？」

センセイは藤井には答えず、おれに言葉を投げてきた。

「君の計画は不確定要素を含んでいますね。完全にコントロールすることができるのに、なぜしないんですか？」

そこなんだ。そこだけがおれも心配なんだ。

「単純に人員、つまりスタッフィングの問題です。それに目立たないことも重要だと考えて、ギリギリのラインで計画しました」

「なるほど。私は不確定要素を好みませんが、君の言うことももっともです。そこは君の運に任せるとして、今回の人員確保についてはどう考えていますか？」

「藤井さんに協力をお願いしようと考えています」

センセイは藤井を見る。

簡潔に藤井が答える。「問題ありません」

「では、次の質問。仕掛けるのはどなたになるんですか？」

「以前、藤井さんにご迷惑かけたときに使った秘書サービスがあります。そこで適当な会社を登録するつもりです」

渋い顔をする藤井。

「あれは実に厄介だった。どこから探ってもなにも出てこねぇ」

「いえ、私が聞いているのはそこではありません。最後に話をするのはどなたかと聞いているのです」

「僕が、自分でやります」

センセイの目を真っすぐに見ておれは答える。

「結構です。リスクはありますが成功を祈ります」

センセイはおれの目をしばらく見てから視線を藤井に投げ小さく頷いた。

「じゃあ、おれから質問だ」

今度は藤井がおれを睨む。

「おまえ、皐月賞を外したらどうする？」

「来月になってしまいますが京都の天皇賞で同じことをします。そこでも外れたら府中のＮＨＫ杯かオークスで」

「その全部を外しちまったら？」

「外しません。一度目の失敗は二度目に活かします。二度目の失敗は三度目に活かします。三度目には絶対に当ててみせます」

おれは目に力を込める。絶対、なんてあるわけない。もし仮にあるとしたらそれは自己暗示の中にだけ存在する。藤井の顔に満足の笑み。

「よし、わかった。じゃあビジネスに入ろうぜ。おまえの準備して欲しいものを言ってみろ。見積りをいまここで出してやる。もちろん融資もここでしてやる。利息はトイチでいただくけどな」

「ありがとうございます。よろしくお願いします」

「では、私はこれで」

センセイが見えない髪を掻き上げて立ち上がると、藤井がお礼を言い封筒を手渡した。センセイはそれを受け取り、右手を胸に当てて会釈をし、封筒を紺ブレの内ポケットにしまうと音もなく部屋から出て行った。遅れて芳香が漂う。アラミスかなにか知らないがとにかく嫌な野郎だ。


結局、おれは藤井から新たに五〇〇万を借金することになった。初回の利息は実行日に引かれるから、五〇〇万借りてすぐに額面の9割＝四五〇万円になった。そこから諸々の経費四一八万円が差っ引かれる。内訳は以下のとおり。

信頼できる予想屋5人×予想料三万円。

当日の人員延べ33人×日当一万円。

ホテルの宴会場や、それなりにゴージャスな会議室など七ヶ所×賃料二〇万円。

秘書サービスへの登録や名刺の作成、その他諸々の準備費用三〇万円。

アンダーグランド方面へのご挨拶金一〇〇万円。

で、諸々の手配料として藤井に一〇〇万円。

結局、おれの手持ちは三二万円になった。

皐月賞が外れるとほぼ同額を借金しないといけない。

いや、考えるな。おれならやれる。大丈夫だ。

自分で自分を信じられなかったら、死ぬしかない。

だよね、三島さん……。


それからのおれにやってきたのは希望を信じる昼と、絶望にうなされる夜。


おれは、毎晩、同じ夢を見た。

加藤の前に土下座をして、加藤の靴を舐めるおれを見る夢。

あるときは加藤の目線で。あるときは三島さんの目線で。あるときは真琴の目線で。あるときは加藤の親父の目線で。あるときはおれの両親の目線で。

加藤の前に土下座をして加藤の靴を舐めるおれを、おれは毎晩見続けた。

負けたからだ、あのとき。三島さんが負けたものと同じものに。

いや、三島さんは負けなかったのかもしれない。負けなかったから三島さんは自らを終わらせ、おれは負けたから、いまでも惨めに生きている。

それでも、おれに生きる意味があるのか？　あるとしたらなんなのか？

カネだ。

カネ。

カネ。

カネを稼いで、カネで加藤を潰すこと。

おれが這い上がれないのなら、せめて加藤も引きずり下ろすこと。

そのためにおれはカネを稼ぐ。

そのためにおれは生きる。

生きる？

おれが？

土下座して靴を舐めたおれが？

24

4月16日。

土下座で靴を舐める夢を見て自分の歯ぎしりで目が覚め、枕元の時計を見るとまだ夜が明けない午前5時前だった。今日のために部屋を取った船橋のビジネスホテルの一室には、雨の気配が入り込んでいる。

もたなかったか……。

ベッドから起き、カーテンを開く。

やはり。前日まで持った雨が細く降っていた。

この雨は、どんな〝目〟となって出るんだ……?

弱い心が嬉々満面でおれに食いついてくる。

ダメだ。押し返せ。自分を信じろ。

古くて重いウォークマンに飛びつき、ヘッドフォンをかぶりスイッチを入れる。

今日のために、抜弁天でこっそり編集してきたスペシャルテープ。ルースターズの『ロージー』。レッチリの『バック・ウッズ』。FGTHの『ウェルカム・トゥ・ザ・プレジャードーム』。そしてブルーハーツの『僕の右手』。片手のパンクス、GHOULのマサミさんを想い、ヒロトが作りあげた曲。マサミさんと親交があった三島さんを想い、ボリュームを最大まで上げる。

三島さん、おれを守ってください。

カネとの戦いに、おれを勝たせてください。


6時00分、バスタブに湯を張りゆっくりと浸かった。

6時30分、下のレストランで朝食を摂った。

7時00分、部屋に戻り、今日の流れをもう一度確認。

7時30分、髭を剃り、もう一度歯を磨き、紙がギュウギュウに詰められた、重くて軋むトランクを引っ張りながら部屋を出る。中山競馬場からほど近い喫茶店に着いたのは、集合時間の十分前、8時20分のことだった。

ドアを開けた途端に、むっとする紫煙が目を刺した。広くもない店内に、新聞を広げたオヤジたちがギンギンに溜まっているのがよくわかる。一番奥のテーブルで藤井が右手を挙げた。５人の怪しげな連中が周りを囲み、新聞に赤ペンを引いている。

「余裕だな。ギリギリの登場ときた」

おれの緊張を知り抜いているくせに、嫌なプレシャーをかけてくる。

「遅くなってすいません。予想はまとまりましたか？」

「それがな、この天気だろ。難しいらしいんだ」

藤井が、最も歳を食っていそうな男に目配せをする。

「昼からは晴れてくる。だけどあんた、いつ雨が止んで馬場がどんな状態になるか、読みがこれは難しい」

「言い訳はいいです。僕は、皆さんが信頼できる予想屋さんだと藤井さんから伺っています。予想料もいい金額を提示しているつもりです。しかも予想して欲しいのは、単勝一本。それすら難しいとおっしゃるんですか？」

ダメだ、落ち着け。余裕を失うな、深く呼吸をしろ。

「そうは言っても、意見がまとまらないんだ」

まとまらない……。そうか、問題はそこなのか。だったらなんの問題もない。

「わかりました。では、まとめていただかなくて結構です。皆さん個人個人で予想をするよう切り替えましょう。皐月賞までの10レース、それぞれ本命1頭、対抗2頭を書けたら僕に渡してください。予想料はそれと交換でお渡しします」

「おいおい、まとめさせなくていいのか？　もう計画が狂ってるぜ」

今度は藤井が慌て出す。大丈夫、ちゃんと〝注射〟は打っておくから。

「皆さん、それぞれがプロだ。それを合議でやろうとした僕が間違っていました。皆さんの個人の力を僕に貸してください。祝儀として、最も予想が当たった人に一〇万円のボーナスを出します」

効果抜群のオファー。5人の予想屋の顔つきが変わった。もう一度手帳を開き、新聞とつき合わせ、他の人間に覗かれないようにして予想を書き込み、三万円と引き換えにそれをおれに渡して喫茶店を出て行った。

「あいつらが真剣になったのはカネのためか、それともプライドか？」

あまりの豹変ぶりにあきれ顔の藤井がぽかんと言った。

その藤井の言葉には返答をせず、おれは5人の予想をつけ合わせる作業に没頭した。

「ま、どっちでもいいことだ。で、どうだ？」

まとめができた一覧表を手に、おれは藤井の顔を見る。

「雨の具合が気になるので、できる限り遅めのレースでいきたいんですが」

「いや上がるだろう。外、明るくなってきてるぜ」

「では一発目は第3レースでいきます。5人中4人までが本命対抗に同じ馬を推しています。残りの一人も2頭は同じ馬です。ここで初めの勝負をかけます」

「よし、馬番は？」

「2番のベイオブアイランド、4番のアームバンガード、10番のトウメイキング」

「2、4、10だな」

「はい、24人は？」

「もう中山の門の前に待機させてる」

「出走が10時50分ですから、時間的には充分ですね」

言いながら引っ張ってきたトランクを開ける。

1番から16番まで予想を書き込んだ紙が番号別にギッチリと詰まっている。

おれはそこから2番と4番と10番を取り出し、藤井に渡した。

「各番号500枚の束が8組、合計24組あります。打ち合せ通り24人にそれぞれの束を渡してください。自分が何番の束を渡したか忘れないよう、徹底してください」

「うるせぇ、何度も念を押すな」

「じゃあ、一旦ホテルに帰ります。電話番号と部屋番号です。それからこのトランク、次のレースの予想紙も入れてあります。混じってしまわないよう、黄色の紙に刷っておきました」

おれはそう言って引いてきたトランクを渡した。藤井は返事をする代わりに、見慣れぬ黒い縦長の直方体をドンとテーブルの上に置いた。なんだこれ。モノリスか。

「いつもは重いから持って歩かないんだが、今日は携帯電話を持ってきた」

なるほどこいつが噂の携帯電話か。

「初めて見ました。歩きながら電話できるなんて、まるでSFだ」

「各レースの前、予想を配り終わったらおれからおまえに電話を入れる。それ以外でおれに用事があるときはこの番号に電話しろ」

顔に誇らしさを貼りつけて、藤井が番号の載った紙を出す。おれはそれを受け取ると、7人分のコーヒー代二八〇〇円を支払いホテルに戻る……と、部屋に入った瞬間に電話が鳴った。

「開門した。24人をうまく散らして予想紙をばらまいている。全員がまき終わったら、もう一度電話する」

携帯電話からの藤井の声は、いつもより男前に聞こえた。

おれの作った予想紙には、こんな文言が印刷されている。

『単勝予想　〇番
１００%当たる必勝法を開発しました。
自信があるのでまずは無料で予想します。
見事に当たったら次の予想を購入ください！
この予想をお渡しした場所で待っています。』

もうわかっただろ？

予想紙にはひとつの番号が書いてある。第3レースの場合は2番か4番か10番だ。

そして、おれが用意した予想紙を配る連中（おれと藤井は「配り屋」と呼んでいた）は24人。

今回は8人ずつABCのグループに分け、Aグループには2番の予想紙、Bグループには4番の予想紙、Cグループには10番の予想紙を渡して配らせる。

それぞれのグループの配り屋が配るのは全部同じ番号。つまり、その8人の配り屋からもらった番号が当たったヤツにとっては、その配り屋は予想を的中させたことになる。

とはいえ、予想は出馬10頭中3頭。

すべてが外れたら、ここで今日の試みは終了だ。


第1レースが終わる。波乱なく一番人気と二番人気が2着までを占めた。

続く、第2レースのときには完全に雨があがった。結果も上々。1着こそ五番人気が取るものの、2着と3着は一番人気、二番人気が入る手堅い流れだ。

これならイケる。おれは短波放送にしがみつく。

そこへ電話。

「全部配った。あとは野となれ山となれ。幸運を祈るよ」

くそったれ、目いっぱい愉しんでやがる。

第3レース。

10時50分、ゲートが開く。

心臓が止まるくらいに長い1分52秒が過ぎる。

そして。


ガッツポーズ！

ガッツガッツガッツポーズ!!!


三番人気のアームバンガードが2馬身半の差をつけて余裕の1着。馬番は4。

見事的中。

選択した3頭が1着から3着までを占める安心の展開だった。

オッズは4・7。悪くない。かかってきた電話の音も心なしか愉しげだ。

「まずはクリアだな。予想を外した配り屋16人は帰したぞ。残りは8人。次はどのレースを狙うんだ？」

ツキは来てる、勝負をかけろ。

「第6レースで行きます。16頭立てだから単勝でも予想が難しいし配当もデカくなる。そこで計画通り8頭を選びます。当たる配り屋は一人だけになりますが、一人が500枚を配ってくれれば計画に支障はありません」

「わかった。一〇〇円で売るんだな」

「はい、第3レースを取ってるんで、今度はカネ払ってでも欲しい情報だと踏んでいます。おれも稼いでおきたいですし、お願いします」

「売りきって四〇万の稼ぎってわけか」

「おれには大きな金額です」

……待て。

と、おれの中のなにかが止めた。

《小銭を望むな》。

三島さんもよく言っていた。小さな成功を欲して大きな流れを止めるな、って。

そうだ。自分を信じろ。

信じ切ればうねりが来る。

小銭の誘惑に負けるな。カネを力で捩じ伏せろ。

「……いや、ごめんなさい。やっぱり次もタダで配ってください」

「ほう」

藤井の声が強くなる。

「タダなら次はもっと来ます。喜んでもらい、あるいは奪うように取って、そこには熱が生まれるはずだ。おれはその熱が欲しい。だから次もタダにします。その代わり一人800は配ってください」

「予想紙はあるのか?」

「はい、各番号1000枚準備してあります」

「じゃあ1000配ってやるよ。出走時間は?」

「昼食後の12時50分」

「時間的には充分だな。で、馬番は決めたか」

おれは8個の数字を伝えた。5人の予想屋が選んだ7頭に、荒れると踏んでおれの判断で加えた1頭。確率は半分。外れるわけがない。ツキは来ている。三島さんがおれを守ってくれている。


第6レースの予想紙は、こんな感じだ。

『単勝予想　○番
いかがです?　前のレース、見事に的中させました。
この必勝法をもってすれば当然の結果ですが、
もう一度だけこの必勝法の素晴らしさを証明します。
もちろん当てます。そして、次は皐月賞を予想します!』

第6レースまで約二時間。

おれはやることもなくベッドに横になる。

眠っているのか、覚醒しているのか、興奮しているのか、平静過ぎるのか、同じことを考えているのか、思考がジャンプしているのか、空腹などまったく感じず、行きつ戻りつする思考の揺りかごに身を任す。

なんだか気持ちいい。目を閉じても世界が見える。

そこに電話がなる。

「はい」

柔らかな浮遊感に包まれながらおれは声を出す。

浮遊するおれとは真逆の、地に足をつけ額に汗する、藤井の声。

「おまえの読み通りだ。配り屋が位置に着く前から目を充血させた野郎どもがトグロ巻いて待ってたよ。で、タダだと知った瞬間ピラニアのように食いつきやがった。1000枚が十分でキレイさっぱりだ。人間ってのは現金な生き物だな」

おまえが言うな、と思いながらおれは言った。

「ありがとうございます。すべては計画通りです」

「そうか。次に電話するとき、同じ言葉を聞けるといいけどな」


最後まで言葉を聞いたのか、他に会話があったのか、おれにはよくわからなくなっていた。そんなことより突如天井に現れたクレーターのような、アメーバのような水玉が気になっていた。

なんだあれは？

よく見るためにベッドに倒れ込んだ。

水玉たちは一列に並んでラインダンスを始めやがった。

リーンリーンリーン。

綺麗なステップ。

リーンリーンリーン。

水玉はドンドン増殖する。

リーンリーンリーン。

ソロアクトもあるのか。

リーンリーンリーン。

リーンリーンリーンリーンリーンリーン……いや、電話が鳴ってるのか！

おれは慌てて受話器を上げた。

「おい、どうなってんだ、これ！　おまえには神がついてんのか？」

受話器の向こうから叩きつけるような藤井の声が聞こえてきて、水玉は全部割れた。

「は？」

「入るかよ、普通。オギメダリストなんて」

「え、大き目なリスと、なんですか？」

「ふざけるな！　来ただろ、いま、マンバケンだよ、マンバケン。聞いてなかったのか！」

マンバケン……

マンバ券……

マン場券……マン馬券？

万馬券

目の前にいきなり現実が落ちてきて、おれは急いでラジオをつける。

来たのか、最後におれが加えた16番が、本当に？

「オッズ120・7。まるきりの無印だったからな。化け物だぜ、おまえ」

来たんだろう、本当に。

興奮した藤井の声がなによりの証拠だった。

「ありがとうございます。三島さん……、いや、藤井さんのおかげです。これで勝ち目が完全に見えました。皐月賞を必ず獲ります」

これが夢でありませんように。夢なら覚めませんように。

「7人の配り屋を帰すぞ。いよいよだな。予想紙は何時にできる？」

おれは時計を見る。競馬新聞を見る。現実に立ち返るよう努力する。

「14時半までには作ります。お手数ですがこちらに取りに来てもらえますか？」

「わかった。14時半に玄関にいろ。シーマを回す」

まだどこかフワフワしている目の裏に、押し寄せてくる人の波が見えた。

25

予想紙を乗せたシーマがホテルの前を出て、きっかり十五分後に電話が鳴る。

「いま、予想紙受け取った。何枚あるんだ、これ」

「700、作りました。選んだ馬が7頭で、各100枚あります」

「今度は売るんだな」

「はい、一〇〇〇円でお願いします」

「一〇〇〇円⁉」初めて聞く藤井の裏返った声。女みたいでかなりウケる。

「バカかおまえ。通常の10倍だぜ。売れるかよ、そんな額で」

「売れます。というか、高いからこそ売れるんです」

「万馬券の力か」

「はい、手に入れた幸運は骨までしゃぶらせてもらいます」

「クソだな、おまえ」

「褒め言葉と受け取っておきます。それで予想紙ですが、今朝お話した通り全部売りきっていただかないといけません。どうかよろしくお願いします」

「舎弟にセールスのうまいヤツがいる。そいつを補佐につける。ギャラは弾めよ」

「わかりました。販売完了したら電話をください。待っています」

二十分も経たないうちに電話がかかってきた。出走までは二十分以上も残している。

トラブル？　なわけはない。今日の流れで、それはない。

「きっちり売りきったぜ、700枚。おまえに見せてやりたかったな。予想が一〇〇〇円って聞いたときの酔っぱらった猿みたいなヤツらの顔。でも、吹き出す欲には勝てねえんだな。おれの舎弟が当てた万馬券見せて、『ここまで2レース見事的中の天才予想屋！』とか持ち上げつつ700枚限定と煽ったらもう、群がったよ。あとはさばくだけだった。二人じゃとても手が足りないから、あともう一人に手伝わせて、三人がかりで売りまくった」

「ありがとうございます」

「実はカネじゃないだろ」

「なんのことですか？」

「一〇〇〇円で売ったワケだよ。予想紙を他人に見せて欲しくなかったんだろ。あいつらが一〇〇〇円も払った情報を漏らすわけはないからな」

「……藤井さんには勝てません」

「いずれにしろ三十分後には決まってる。おまえの幸運を祈るよ」


第49回皐月賞。

これまでの人生で、もっとも緊張した時間。

心臓が口から飛び出そうだった。

予想に入れていたドクタースパートが直線でスパート（駄洒落じゃないぜ）、快走したままでは良かったんだ。そのまま逃げ切るかと思ったのに、予想に入れていないウィナーズサークルが嵐のように追撃してきやがった。

神様、お願いします。

ここにきて外すのは勘弁してください。

おれは祈る。ただ祈る。

今後、五年は祈りません。ですから神様、どうかドクタースパートに逃げ足を。

最後の直線。

激しい叩き合い。

伸びるウィナーズサークル。

逃げるドクタースパート。

馬群がゴールする。

気がつくとおれは全身に汗をかいていた。

そこへ、電話。

おそらくは今日最後の、電話。

「まったく。どこまでツイてるんだ、おまえ。あと半馬身でなにもかもおシャカになってたな。しかも馬番19って言ったら、いまおまえがいるホテルのことだろ。いまからすぐ行く。おまえの部屋で、最終の打ち合わせをしよう」

『第49回皐月賞単勝予想　○番
本日実証してみせた100%当たる必勝法を、
本日18時より○○○ホテルの宴会場で公開します。
だれにでも使える明快で簡単な必勝法なので、
これを知れば、あなたも連戦連勝間違いなし！
入場料など一切かかりません。
ささやかですがアルコールなどお飲み物もご用意して、
ご来場お待ちしております。』

これが最後の予想紙。配り屋一人で7通りの予想を配る。
番号の紙ごとに、呼び出す必勝法の公開場所は、バラバラだ。
たとえば19番は、おれがいるこのホテルの会議室。
ってことは？　そう、ここに来るのは、全レースの予想が的中した人間だけだ。

単勝とはいえ3レースを連続的中。

おれの仕掛けが見えないヤツからしてみたら、100％の的中率となる。

しかも、ひとつは万馬券。ヤツらにとっては神以上の必勝法に思えるだろう。

競馬で儲けたいヤツらに、魔法の杖を売る——これがおれの作戦だった。

熟考の末、この世の中で一番カネを吐き出しやすい、ギャンブルジャンキーに狙いを定めた。

ヤツらは甘い匂いを嗅いでしまうと、危ないと感じていても、自分を止めることができない。

勝ったときの高揚と、ラクして稼ぐカネの味が、堪らないってことだろう。


いまおれの目の前に座っている藤井も、言ってみればギャンブルジャンキーの一人だ。今日の賭けに勝ってきた高揚ってもんが、体中から滲み出ている。妙にハイテンションだし、声だってワントーンも上がっている。頼むから、こっち見て爆笑してくれるなよ。

「なんだおまえ、ぶははははは、その格好？」

クソ、笑われた。

そのときのおれの格好ってのは、紺の綿パンに白のカッター。羽織った白衣。頭には肩にかかるほど長髪のカツラ。顔にはアラレちゃんばりのデカい眼鏡を乗せている。

「だって『東大の理Ⅰ出身で確率論の博士号とって独立、ファイナンス系を軸に各種予想を立てている会社の経営者』って触れ込みですから。おれ、根っからの文系なんで、せめて見た目だけでも理系っぽくしようと思って」

「ま、見ようによっては天才に見えなくもない」

「今日の状況ならありでしょう？」

「はは、確かにな」

「サクラは」

「手配した。サラリーマン風から競馬ジャンキー、中年だけど男好きのする主婦も入れといた」

女性がいるのはありがたい。さすが藤井。こういうところは抜け目ない。

「ありがとうございます。こっちは、外した番号で押さえた場所全部に、電話でキャンセル入れました。借り賃は前金で払っているから問題はなかったです」

「例の会社の名前か？」

「はい、明日でなくなる会社の名前です」

「細工は流々、ってやつか。そんなおまえにおれからのはなむけだ。素晴らしいもの売ってやるよ。おそらくいまのおまえが一番欲しいものだ。ほら」

8枚の紙が滑り出てきた。

おれが予想をバラまいていない、8レースの当り馬券だった。

「どうだ。いまのおまえなら1枚一〇〇万でも欲しいだろ？　でもまぁ、応援する意味をも含めて全部で五〇〇でいいや。カネも今日が終わってからでいい」

いやらしい。実にいやらしい。

でも、これがビジネスだ。これがカネを生む力だ。だったらおれも儲ければいい。藤井の真似をしてここからヤツらを詰めればいい。素晴らしき先生。最高のＯＪＴ。

「なにからなにまでありがとうございます。勉強になります。それから気合いも入りました」

「見せガネとして準備した一〇〇〇万は会場で渡す。あとは進行と打ち合わせをしてくれ。おれの女の友だちでな、昔、芸能界にいたオネエチャンだ」

そこまで言うと携帯をガッチャッと外し、電話をした。

「おお、カンナ上げてくれ」言い終わると、下卑た顔をおれに向ける。

「オネエチャンの名前は観月《みづき》カンナ。もちろん芸名だが、美人でオッパイでかくてスタイル抜群で、口がうまくて露出狂。ブランド狂いで、カネのためならどんな嘘でも平気でつく。ギャラは高いが、今日のために生まれてきたような女だ。いい仕事したらおまえ、今晩買ってやれ。そっちのギャラも高いが、いい仕事するぜ。おれが保証する」

藤井と兄弟になるのか、と思わず顔をしかめたときドアがノックされた。

藤井が開けると、化粧のキツい女が乳を振りながら入ってくる。

完璧なワンレングス、隙のないボディコンシャス。

ディスコのお立ち台から男を見下す類いの、おれの嫌いなタイプの女だ。

天井から照明が落ちて終わったトゥーリアとともに滅びれば良かったのに。

「カンナで〜す。今日はよろしくお願いしま〜す」

お辞儀をすると胸が丸見えになる。

嫌いなタイプの女でも、乳には目がいくオスの性。

「じゃあ、あとは二人でやってくれ。おれはおれの準備を進める」

出て行く藤井をカンナが扉まで送り、より強烈に腰を振りながら戻ってくる。

強烈な香水で、おれはクラクラした。

26

「ちょっとヅラと眼鏡取ってくれない？　あぁ、やっぱりそうだ。

あたし、君のこと知ってるわ。ちょっと言うの恥ずかしいんだけど、君が銀座の劇場で優勝した夜、客席にいたんだ、あたし。あたしも芝居やっててさ。所属はないけど。劇団を転々とする根なし草。たまたまその頃入ってた劇団に、舞台美術の手伝いで女子美の子が来てて。そうそう裕美ちゃん。それで誘われて行ったんだ。で。君たちの芝居いいなって。中でも君が気になって。だからこの部屋入ったときピンと来て。仕事もらうから言ってるわけじゃなく。

で、さ。相談だけどあたしが今日うまくやったらさ、組まないあたしと。そう、君とあたし。あたしにはわかるんだよね。デカいことをするヤツ。そういう人と組めば、あたしにもおカネがたくさん入るじゃん。君はなんかやるって、デカいこと。

あたしこんなナリだけどおカネ稼ぐ人を見つける才能があって。男に騙されたこともないし。逆に使える男をうまく飼ってるくらい。君はきっとなにかをやるしおカネを稼ぐ。だからお世辞じゃないって。それに藤井さんから聞いたけど、君がこのシナリオ描いたんでしょ。すごいよこれ、自信持ちなよ。

ま、組む話はさ、仕事のあとでいいから。まずは今夜、バッチリやろうよ。最後は君が締めるんでしょ。君の演技力なら完璧じゃん！　あたしもバッチリサポートするからさ。それ見てさ、面白いってなったら、よろしくやろうよ。じゃあ、行ってくるね！」

そう言ったカンナは会場に向かってケツをフリフリ部屋を出る。その軽い感じに不安を覚えたおれは開場時間を十五分過ぎた頃、普段着に着替えて会場の様子を探りに行った。

探りに行って、身震いをした。

ものすごい人垣だったからだ。

ものすごい熱気だったからだ。

当てた興奮と必勝法に対する期待が混じりあい、会場はいつバーストしてもおかしくない爆弾みたいになっていた。

そこに、スーパーカンナ。

スーパーと呼ぶにふさわしいほど、カンナがうまく仕切っていた。

会場に入ってくる一人ひとりに声をかけ、マイクを握って軽いジョークで全体を和ませ、無料をアピールしてアルコールを飲ませ、乾杯でヒートアップをさせる一方、必勝法に対する飢餓感を煽っている。

素晴らしい。
おれはカンナを見直して、負けちゃられないと気合いを入れ直した。
部屋に戻り白衣に着替え、カツラと眼鏡を装着する。
鏡に向かい自分を見る。
徐々に自分を消し、役を擦り込む。
三島さんに教えてもらったやり方。三島さんの力。
おれはやれる。おれのセンスと才能ならやれる。
ゆっくりと目を閉じる。
奪い返せ！　復讐しろ！　おまえならやれる！
再び目を開けたとき、おれはもう喜志ではなかった。

会場へ向う。
藤井から一〇〇〇万の入ったアタッシュケースを受けとる。
藤井を見る。
目の奥で、狂った熱が揺れている。
会場への扉を開ける。
カンナが歌を唄っていた。
『走れコータロー』。これがまた非常にうまい。

歌が終わる。

拍手。口笛。卑猥な声援。

会場のボルテージが上がる。

ここだ、と、おれが感じると同時にカンナがおれを呼び込んだ。

「それでは皆さま、お待たせしました。東大在学中に学長賞を取り、100%当たる必勝法を見出した若き天才、小山田博士の入場です。拍手、拍手、拍手ぅ〜」

拍手を煽り、ここぞとばかりに乳を振るカンナ。

万雷の拍手に包まれ、おれは会場に入り壇上に上がる。

欲に囚われた薄汚い視線が、一獲千金を夢見るすえたアルコール臭がおれを包む。

そこには期待した以上の熱気が渦巻いていた。

27

あとはおれの掌の中。なにをやってもうまくいった。

ふた晩でデッチ上げた、一度聞いただけでは理解できるはずもない確率論をしゃべれば、真夏の田舎の蝉時雨のような歓声が起こり、その有効性をビジネス面での成功例で挙げれば、集中豪雨のような拍手が起こった。集団催眠状態。わからなくても興奮する。拍手をし、歓声を上げることにエレクトする。カンナが煽り、煽られることが快感になってきた会場に、いよいよだという期待値が上がっていく。

さあ、ここが正念場。

「難しいことはさておき、競馬への応用は簡単にできます。私はこれをオヤマダ必勝法と名づけました。それは皆さん、本日体感していただいた通りです。本日はこの競馬への応用を、ここにいる皆さんにだけ販売したいと思います」

この瞬間、会場が凍りつく。

え？　販売？　タダで教えてくれるんじゃないのかよ！

「あの、小山田博士。いま、販売と聞こえましたが、無料で教えていただけるんじゃないんですか？」

打ち合わせ通りカンナが会場の声を代弁する。

「いいえ、販売します。価格は一〇〇万円です」

なんだとコラ！　ふざけるな！　買えるかそんなもん！　詐欺だ！

会場に怒号が飛ぶ。叫んでいるのは、ほぼサクラだ。

「いま声をあげた皆さん。お気に召さないのなら、どうぞお帰りください。飲み物代の請求などいたしませんし、ここまで足を運んでいただいた交通費として一〇〇〇円お渡しします。ただし、お帰りになられたら私の必勝法は永遠に知ることができません。つまり、遊んで億万長者になる道は閉ざされるということです。その覚悟があるなら、どうぞ。一分待ちます。その間にお帰りください」

おれは努めて冷静にしゃべり、壇上で目を閉じる。

会場が静まり返った。

「あの、小山田博士……」おずおずと話しかけるカンナ。「ご気分を害されたなら、私が代表して謝ります。申し訳ありませんでした。ただ皆さん、一〇〇万円という金額に驚いたんだと思います。私も正直びっくりしました。一〇〇万円は私にとって、ものすごく大きな金額ですから……」

ダブルバインド。焦点を一〇〇万という金額の大きさに持っていくことで販売を前提としてすり込み、「無料じゃないのか」という不満を根こそぎ刈り取る心理スキル。

「確かに一〇〇万は大きな金額です。しかし、オヤマダ必勝法の価格としては、決して高くないと思います。私の必勝法は100%確実に予想できる方法です。たとえば本日の場合、元金が一〇〇円でも第1レースからころがしで賭けていけば、第6レースの万馬券が出た時点で払戻金は一〇〇〇万円を超えるわけですから」

「一〇〇〇万円ですか！」

「複利のマジックですね」

「それはすごいです。あの、でも、1レースでも外せば、すべてはパアってことですよね」

必殺の上目遣いで聞くカンナに会場が大きく頷く。

おれは多少の怒気を込め、正面からカンナの目を見据える。

緊張感。ツバを飲む音。

その緊張を限界まで引っ張ってから一気に弛緩。そして言う。

「ま、疑いたくなるのも仕方ありませんか」

曖昧に微笑むカンナ。

「個人的なことなのでお話ししませんでしたが、これをご覧ください」

おれは藤井から買った8枚の馬券をカンナに渡す。

「皆さんに予想をお渡ししなかったレースの当たり馬券です。私は研究のために馬券を購入していますが、その成果として1枚ずつ収集しているんです。どうぞ調べてください」

「どなたか今日のレース結果をご存知の方はいらっしゃいませんか?」

カンナが会場に呼びかけると「知ってるよ」とサクラの一人が答える。

「第1レースから順に勝った馬番を教えてください」

面倒くさい手続きだが、ここで手を抜くわけにはいかない。

順に数字を合わせていく。もちろん、全レース勝馬の馬券だ。

「ありがとうございました。確かに全レース当たっています!」

すげぇ! と会場から声が飛ぶ。

「本当、素晴らしいですよね。お疑いの方は前にいらして確認してみてください。それで、あの、小山田博士。こんなに完璧に予想できるのに、どうして博士はご自分のためには馬券を購入されてないんですか?」

「いやいや、もちろん自分のためにも買っていますよ」

「え？　そうなんですか？」

「もちろん買っていますよ。ただあまり目立ちたくないですし、私の場合は研究が主な目的なのでほんのわずかな額ですよ。それでもこれくらいの払い戻しを受けましたが」

おれはアタッシュを開け、中に無造作に入った１０００枚の一万円札を会場に見えるようにした。

おおおおお！　会場が再び沸き立つ。

やはり現金は強い。魔力が違う。

「これ、今日一日で勝ったおカネですか？」

「そうです。元金は一〇〇円です」

感極まった表情でカンナが拍手し、サクラがそれに乗っかり、やがて会場中に波が広がる。

それを確認し、おれはゆっくり深くお辞儀をする。


「小山田博士、一〇〇万円が高くないってよくわかりました。でも私、一〇〇万円なんて持っていません。もちろん今日は持ってないですし、すぐに都合つけることもできません。いつまでに申し込めば買えるんですか？」

疑問は潰した。ここからいよいよクロージングに取りかかる。

「販売は本日、ここでのみとさせていただきます」

「今日だけですか？」

「はい。これには理由があります」

「お聞かせいただいていいですか？」

おれは頷いて、会場に向かって声を張る。

「オヤマダ必勝法は、ご希望の皆さま一人ひとりに私から口頭でお伝えします。確実にお伝えしたいし、情報が流出するのは嫌だからです。あとは個人的なことで恐縮なんですが、明日から私はアメリカなんです。NASAから研究員としてのオファーを何度もいただいていたんですが、ついに断りきれなくなったので、明日渡米するのです。おそらくもう日本には戻りません。アメリカからは日本の馬券を買えないため、本日、思い切って私の必勝法を公開することにしたんです」

カンナが大袈裟に首を振り納得する。

そのたびに乳房が跳ね、男どもの目線が揺れる。

「なるほどぉ。実は私、小山田博士が皆さんに教える理由がわからなかったんです。普通なら独り占めするじゃないですか。あるいは仲のいい人だけに教えるとか。それをこうして公開するのは不思議だなぁって」

「はは、普通はそうですね。私もアメリカに行く話がなければ、自分一人の秘密にしておいたでしょう。この方法さえ知っていれば、おカネで苦労することはないわけですから。でも私はこれで海を渡る。私の必勝法は完璧なのに、それを誰も知らないのは研究者として耐えられないのです。私は、私の名を日本に残しておきたい。そう思い、公開することにしたんです」

「よくわかりました。それにスッキリしました。だけどやっぱり大金だから、一晩くらいは考えたいんですけど」

カンナの言葉は会場の気持ち。それを潰すオファーを出す。

「その気持ちもわからないではありません。ではこういうのはどうでしょう。私はアメリカに行きますが、西新宿にある私の研究所は残ります。もし一度でも私の必勝法が外れたら、全額返金するとお約束させていただきます。ただしいつまでもというわけにはいかないので、明日から一ヶ月間のレースに限らせてください」

「明日から一ヶ月、どのレースでも一度であれ外れたら一〇〇万円を返してくれるんですか？」

「はい。約束します。外れるわけはありませんから」

買うよ、おれ！　おれも買うよ！　おれにも売ってくれ！　サクラが叫ぶ。

「そうですよね、欲しいですよね。私も欲しい。皆さ〜ん！　欲しいですよねぇ〜！」

欲しいよ、買うよ、売ってくれ。

カンナの絶叫に会場が熱狂で答える。

「でも、でも、私、今日一〇〇万円なんて持っていません」

「それなら大丈夫です」

入り口のほうから声がする。藤井の部下。初めて見る好青年風の男。

すいません、などと言いながら壇上に上がり、軽い会釈でマイクを握る。

「お話中、申し訳ありません。わたくしファイナンス会社の東と申します。本日、こういった機会があることを小山田博士から伺って参りました。おカネの融通はお任せください」

「というと、貸してくれるんですか？」

あぁカンナ、気落ちはわかるがちょっとわざとらしいかも。

「はい。明日全額ご返済いただける方には無利子で、一括でのご返済が難しい皆さまには通常の利率でご融資させていただきます。ごく簡単な審査でご利用いただけますので、ぜひご相談ください」

「じゃあ、私でも一〇〇万円、借りられるわけですね」

「いえ、それが……」

東が困った顔をおれに向ける。演技に見えない自然な困惑。

「なにか問題が起きましたか？」

東に負けない自然体でおれが返す。

「博士、申し訳ありません。会社から貸出しの上限を三〇万円と言われまして。粘ったのですが、私の力ではどうにもなりませんでした」

「やったぁ！」

カンナがパンツを見せながら飛び跳ねる。

「えっと、観月さん。失礼ですが、なにが嬉しいのですか？」

東が尋ねる。

「だって三〇万円が貸してもらえる上限なら、博士だって販売価格を三〇万円にするしかないでしょ。ねぇ、小山田博士、そうですよね？　博士はもう充分おカネ持ちなんでしょうから、ここはお名前を残すことだけを考えて、三〇万円に値下げしましょう！」

認知バイアスのひとつアンカリング。最初に提示した一〇〇万が刷り込まれているから、三〇万がとてつもなく安く感じるカラクリサーカス。

「一〇〇万を三〇万ですか、う～ん、困った。正直、三〇万では販売したくないんですが、でも、東さんがダメというし……」

「三〇万円にしてくれたら、ここにいる全員が買います。ねぇ、皆さん。三〇万円なら買いますよね？」

買います！　買うよ！　売ってくれ！

今回は、サクラは必要なかった。

「観月さんには適わないな。仕方ないですね。三〇万円で販売します」

ウオオオオ！

会場から怒号に近い歓声が起き、歓声が地鳴りとなった。

その会場に向かい、さぁ踊れ、カネに狂えとばかり最後の言葉を叩き込む。

「皆さん、わかりました。皆さんの気持ちはよーくわかりました。

売りましょう。私のすべてを売りましょう。

私の必勝法でおカネを掴んで、幸せになってください。

皆さん、おカネを掴んだら一番最初になにをしますか？

おいしいものを食べるのもいい。

お好きな相手ととろける一夜を過ごすものいい。

ロマンにかけて大きな勝負に出るのもいいし、豪華客船の旅だって素敵でしょう。

オヤマダ必勝法を手に入れればなんだって望むままです。

皆さん、自由になりましょう！

おカネから自由になりましょう！

望むだけです。望めばいいのです。

おカネから自由になって、幸せになりたいと望むだけで、あなたはおカネから自由になって、幸せになれるのです！」

28

入場者、119名。購入希望者、116名。うち藤井が融資をした者、114名。

競馬ジャンキーもいたし、チンピラもいたし、おどおどしたサラリーマンもいたし、派手な姉ちゃんもいたし、金歯のオヤジもいたし、うらぶれたオバさんもいたし、エリート臭いヤツもいたし、アル中もいた。

カンナがそいつらを10人ずつに分け、おれは一組10分を目処にでっち上げの必勝法を伝えた。全員がおれの顔など見もせずに、一心不乱にメモを取った。

全員を騙し終わって時計を見ると、午後10時前。

実働三時間弱で、売上金額三四二〇万円。

「やったね、すごいね。こんなの初めてだよ。やっぱ君はあたしの見込んだ通りだ。いやいや、見込んだ以上の天才だ。やる男だ。うんうん」

疲れきったおれの前をカンナが飛び跳ねる。

そこへ藤井がやってきて、おれとカンナにコップを渡し、ビールを注いでくれた。

「カンナの言う通りだ。おまえはよくやった。これで借金はチャラだ」

言いながら藤井が握手を求めてきて、その手を見たら借金がなくなった実感が一気にわいて涙腺が緩んで、でも泣いたらダメだと下腹と首筋に力を入れ、おれは藤井の手を握り返した。

「今日はおれも疲れた。それに帰って事後処理もしなくちゃならない。カネの分配については明日話そう。19時にこの前のステーキハウスに来てくれ。それからこれ、おまえも今日カネがいるだろうから、予想紙の売上だけ渡しておく」

カンナを舐めるように見ながら、厚みのある封筒を渡してくる。

「配り屋に五万、おれの部下に一〇万、一番当てた予想屋に祝儀の一〇万を払ったから、入っているのは四五万だ。一晩だけなら充分だろ。じゃあな、お疲れさん」

気のせいか優しい目つきになり、それを恥じるように踵を返す藤井。

おれはなんだか嬉しくなって、カンナに話しかけた。

「帝国ホテルのスィートってさぁ、これだけあれば泊まれるかな？」

「あたしを連れてってくれるなら泊まれるよ」

おれを見ながら微笑むカンナ。

チクショー、なんだよ。なんで泣けてくるんだ。

きっといまのおれは箸が転んでも泣くんだろうな。

でも、今日のカンナはよくやってくれた。カンナがいたから成功したとさえ感じる。

「うん、一緒に行こう」

「やったぁ。じゃあ、あたし予約してくる」

公衆電話に飛びついて、テレホンカードを差し込むカンナ。

きっと予約は取れるだろう。今夜はそんな夜だ。

16階がいいな。おれの伝説をやり直すのは、あのフロアからしかあり得ない。

ってほら。

カンナが振り向き、左手の親指と人差し指で〇を作った。

おれたちはそれから、ほどなくタクシーに乗り込み、帝国ホテルと一言告げて、タクシーをホテルに横づけし、二泊の予定でチェックインを済ませ、ウォークインだから宿泊代を先払いし、深夜にもかかわらず紳士的なベルボーイとともに16階へ上がった。

エレベーターから降りた瞬間。

そう、これ、この臭い。

あの日の記憶が蘇る。

加藤の親父にカネを借りに行ったときの青臭い緊張。ゴミのようなプライド。

可愛かったな、おれ。まだ半年ほどしか経ってないのに大昔な気がする。

例の部屋ではないけれど、それほど遠くない場所の扉が開けられる。短い廊下。つき当たりのドア。同じ造りだ。

ベルボーイが先を行き、部屋に続くドアを開ける。

視界がすうっと開いていき、ゆっくりと部屋の中が見えてくる。

ここだよ、ここ。やっぱここからやり直さないと。

おれは勝った。クソ野郎どもからカネを奪い取った。

おれには才能がある。おれにはセンスがある。

いいか、見てろよ。今度はおれが潰してやる。おれが味わった同じ想いを、何回寝ても消えない悪夢を、加藤にも、加藤の親父にも味わわせてやる。

あの部屋と同じく、窓外に広がるのは日比谷公園。喜ぶカンナは、なんだか可愛い。

深い一礼とともに、ベルボーイが部屋をあとにした。

ふと目を戻せば、カンナはすでにルームサービスの電話中だ。

「シャンパン行っちゃうねー」なんてはしゃいでいる。

おいおい、カネ足りんのかよ。

一瞬目を剥いちまったけど、それからすぐにどうってことねぇや、と思い直した。

なぜならおれは、これからジャブジャブ儲けるんだ。ジャブジャブ儲けて、カネで叩いて、加藤に復讐をしてやる。藤井だって利用する。カネの力で、操ってやる。

かちゃん、という音につられて電話を見た。

歌うようにオーダーを済ませたカンナが、受話器を置いてキュッと笑う。おれの瞳を捕えたまま、強い自信を込めたまま、ムスクの香りがにじり寄る。ぱさ、という軽い感触が訪れる。肩に両腕がまわされる。長いワンレングスが、カーテンのように頬へと落ちる。熱が来る。耳元に女の唇が近づくときの、あの熱が伝わってくる。

「一回しか言わない」

カンナはそこで呼吸を置いた。

「今夜はあたしだけを、見て」

黒髪に隠され、両腕を絡みつけた女の表情なんてものは、おれには一切わからない。「あたしだけを見て」——ドライなはずのカンナが漏らした一言は、なぜだかとても湿っぽい。おれは唐突に、ここにいない女を思い出した。

いままで脳のどこかに押し込んでいた名前が、津波のように押し寄せる。真琴。真琴。笑顔の真琴。加藤が寝取った、おれの彼女。

おまえ、いま、どうしてる？

……ダメだ。思い出すな。邪魔すんな！　今夜はそんな、夜じゃない。

簡単なんだよ。

呼吸ひとつでおれはもう、「今夜らしいおれ」になる。

「今夜のカンナは最高だった。だから……」

絡んだ胸元を少し離し、柔らかな頬を掌で確かめる。

最短距離でゆっくりと、口づける。

「カンナだけを、見てるよ、今夜は」

そう、カンナだけを見てる。

「だから、今夜はやろう。とことんまでのバカ騒ぎをさ」

耳元から引きはがすほんの一瞬、暗く沈んだ瞳が見えた。けれども口づけとともにそれは消えた。おれの返事を注意深く聞いたカンナは「ありがと」と本当に嬉しそうに、小さく笑った。

ちりん、と部屋のチャイムが鳴った。ルームサービスが来たようだ。

カンナは絨毯の上でヒールを器用にまわし、子どものようにドアへ向かった。振り向きながらいたずらそうに、「バカ騒ぎなら任せておいて」とウィンクをした。

その夜、おれたちは贅沢に飲み、たらふく食らい、果てるともないセックスをした。

朝日が昇っても繰り返しお互いを求め合い、気絶するように眠りに落ちた。

おれにとっては久しぶりの、本当に久しぶりの、悪夢のない深い眠りだった。


夕方、16時。一応と思って頼んでおいたコールが鳴る。

体が重い。頭も重い。白濁した意識の中、それでも身体は快感を覚えているようで、無意識のうちに女の身体を探して腕が伸びる。

あれ？　いつまで経っても感触がないから、面倒くさいが頭を起こし、名前を呼ぶ。

「真琴」

身に染みついた発音で女を呼んだ。呼んだとたんに違和感があった。身体に血がめぐり直す頃には、自分がどこにいるのか思い出した。いま抱きたかった女の、名前のことも。

おれは真琴……裏切り女の残像を振り切ると、スィートのドアを順に開け、カンナの姿をそっと探し、机に置かれたオレンジジュースとサンドイッチに気がついた。ふいに喉の渇きを覚えコップを掴む。敷かれたメモがひらりと舞った。

『昨日はありがと。たのしかった。仕事あるから先に行くね。夜、電話して。カンナは本名だよ（琹奈と書きます）。名字は矢島っていうんだけど。君とは身体もバッチリだったし、いいパートナーになれると思う。これからもよろしく。』


おれは思わずふっ、と笑った。

「いいパートナー」とは、言ってくれるね。

さっさとシャキッとしなきゃならない。昨夜のおれに戻るんだ。

シャワーを浴びて、オレンジジュースを飲み、サンドイッチを腹に入れる。鏡を眺めて顔を作る。

パーフェクト。

才能とセンスでカネを掴んだ、おれの顔に戻っている。

「おれに戻った」としたら。次はどうするんだい、喜志？

——決まってる。電話するのさ。

電話する先？

笑わせるなよ。そんなの当然、決まってるじゃないか。

29

「はい、お電話代わりました。加藤です」

懐かしいハイテンション。あれほど憎んだはずなのに、声だけで恨みを溶かす、天性の人たらし。適当に作った会社名と名前なのに、あいかわらず柔らかく答える声。

「加藤、おれだよ。わかるか？」

声を発した瞬間、電話の向こうの空気が変わる。

「さて、どちらさまですか？　ちょっと心当たりが……」

おいおい加藤、どうした、おまえが言葉に詰まるなんて。

飯場に詰められてるはずのおれがどうして、って感じか？

「加藤、切るなよ。おれはもう自由なんだ。ここで逃げてもムダだぞ」

「失礼しました。ちょっと回線が悪くて聞き取れませんでした。長期出張と伺っておりましたが、もうお帰りになられたんですか？」

さすが加藤だ。状況判断が早い。

「あぁ、帰ってきた。おまえに被せられた借金完済してな。とりあえずはいい働き口を紹介してくれたこと、感謝するぜ」

「ありがとうございます。お世辞で言っていただいているとは思うのですが、嬉しいです。ご紹介した甲斐がありました」

「ご紹介ってか？　はっ、おまえが最低野郎でいてくれて嬉しいよ。そうじゃなきゃ、土下座させてもつまらないからな」

「えっ？　私がですか？　またまた、そんなご冗談を。それは御社の専売特許じゃないですか。

私がさせていただくわけには参りません」

いいぞ。その調子だ。そうじゃなきゃいけない。そうじゃなきゃ潰し甲斐がない。

「遠慮するな。おまえは裏で人を売るような腐った人間だろ。土下座したってなにも汚れやしねぇから。おれは必ずおまえを潰す。どんな手を使ってもな。それまでパパのオッパイに吸いついて怯えてな」

クックックック。加藤が声を落とした。

「おまえ脳に虫がわいたか。おまえにおれは超えられないよ。なにをしても、どうやっても超えられない。持ってる力とカネが違うからな。また靴舐める羽目になるだけさ」

一方的に切られる電話。一瞬にして頭が沸騰し、目の前にあった灰皿を床に投げつけた。絨毯に沈み、割れない。長い毛足が衝撃を吸収する。

ナメるな、クソが！　おれが靴を舐めたから、おれはすべてにナメられている。

昨日の勝負に勝ち、おれは生まれ変わったんだ。ナメられてたまるか！


藤井を巻き込もう。カネさえ出せば藤井はなんでもするはずだ。

銀座から丸の内線に乗って新宿へ。

18時40分に東口を出て、少し時間を潰してから55分にステーキハウスへの階段を上がる。

ホテルの最上階レストラン風のエントランスを予想していたのに、意外にも純和風の黒壁。一番奥に薄くライトが落ちていて、照らしているのは腰を折らないと通れない小さな引き戸。他にはまったく造作がない。その戸に手をかけようとすると。どこかにカメラがあるんだろうか。スルスルと内側から扉が開き、いらっしゃいませ、と黒服の女が現れた。

「ご予約でしょうか？」

35歳は過ぎているだろうけど、年齢を感じさせない黒服女。

おれは藤井の名を告げる。

「ありがとうございます。お見えなっています。どうぞこちらでございます」

後ろでひとつに束ねた黒髪を揺らしつつ黒服女が奥へ。

店内も和風、というのか、贅沢な古民家風に装飾されていた。一番目立つ場所に大きな鉄板がオープンで設えられていて、その周りにカウンターがあり、ほぼ満席だった。カウンターを過ぎるとテーブル席。テーブルの上でロウソクの火が揺れている。いい雰囲気。今度カンナを連れてこよう。そしたらアイツ喜んで、きっとそのあと……。

「よう」

しゃがれ声が妄想を引き裂く。

声のほうを見ると、店の一番奥、おれに向かい合う位置で藤井が右手を挙げていた。

同時に、藤井の向かい側でおれに背を向けてた男が振り向いた。

髪の薄さからしてそうだろうと思ったが、あの日、おれの計画を聞いていたセンセイだ。

「おまえのためになると思ってな、おれがお呼びした。鶴田先生だ」

「自己紹介が遅れてすみません。前回は藤井さんから止められていたので名乗らず失礼しましたが、私は鶴田と言います。銀座で各種企画を請け負う会社をやっています。ま、なんでも屋です。改めまして、どうぞよろしく」

席を立ちながら右手を出してきて、おれはその手を握り返す。思ったより力強い。

それを機に、黒服女が鶴田の横の椅子を引いてくれた。

助かった。どっち側に座ればいいかわからなかったからだ。

鶴田の右手が離れ、おれたちが腰を下ろし、黒服女が一歩下がってから藤井が言う。

「なんでも屋って先生、それは謙遜し過ぎでしょうが、その辺りの話は乾杯のあとってことで」

そこで言葉を切った藤井がおれを見る。「おまえ、ビールでいいか?」

昨晩、派手にやり過ぎて飲みたくなかったけど逆らえるはずもない。

「藤井さん、せっかくですからシャンパンを開けましょう」おれが答える前に鶴田が言い「例のものを」と、控えていた黒服女に告げる。

「シャンパンというとドンペリしかないように思われていますが、味で言ったらそれより上はたくさんあります。今日試してもらうのはKRUG《クリュッグ》のグラン・キュヴェ。『グラン・キュヴェをただのシャンパンと呼ぶのは、ロールス・ロイスをただの車と、あるいは法王をただの牧師と呼ぶのと同じこと』と、クリュッグ社の社長の弟が豪語している逸品です。先日パリに行ったとき、私が現地で購入し、今日まで最高の状態で保管しておきました」

「先生、そんないいものを、ありがとうございます」

藤井が似つかわしくない声色で鶴田を持ち上げる。なにやってるんだよ。そんな三文芝居するってことは、今夜もまたおれをハメようって魂胆かい？　用心しないと……と、思っていたのに。運ばれてきたシャンパンを一口飲んだら、そんな気持ちは吹き飛んだ。だって、この世のものとは思えないうまさなんだぜ。このうまさを教えてくれたヤツが悪人であるはずない、って頭から信じてしまうほどにな。

30

「とまぁ、ざっと話したように、鶴田先生は持ち込まれる案件を、クライアントの要望通りに収める腕利きだ」

食事が進み、歯など必要ないほど柔らかな肉がサーブされた頃、鶴田の経歴の披露が終わった。オヤジの自慢などクソだけど、鶴田の武勇伝は面白かった。味蕾の一つひとつを優しく愛撫するようなワインを数本空け、上機嫌だったことを差し引いてもさ。

「クライアントもザクザク。大企業はもちろん、政治家からおれみたいな稼業まで。先生の会社は大繁盛だ」

「藤井さんには常日頃、大変お世話になっています」

「その先生が、喜志、おまえに興味を持っている」

え？　ここでおれの話？

アルコールに脳を犯されていたおれは、とっさに出た自分の名前にどう反応していいかわからなかった。そんなおれを愉しむように藤井が傍らに置いていたアタッシュケースを開け、目の前に札束を積む。

1個、2個、3個……札の山ができていく。

周りの客の視線が集まる。

もちろん藤井はそれも愉しんでいるようだ。

「昨日の上がり、114人分で三四二〇万だ」

テーブルの上に34個の帯封の束と20枚の一万円札が置かれた。

「まずここから二〇〇〇万返してもらう」

借用書、忌々しき紙切れがおれの前に投げ出され、代わりに札束がアタッシュに戻り、山が半分以下になった。

「それから、この準備でおまえに貸したカネが五〇〇万」

借用書が1枚増え、帯封の山が10個を切る。

「おまえに売った馬券代で五〇〇万」

さらに山が半分になる。

「それからこれ」

藤井がそう言い、新しい紙をもう1枚出す。

いや待てよ。これ以上借金してないだろ。

「昨日の宴会場での飲み物代の明細書だ。おれが立て替えておいた。あいつらタダ酒だと思って派手にやりやがったな。そいつに、実際カネを融資するときに使った、おれの部下8人とサクラ10人とカンナのギャラを足して合計一二〇万」

さらに山ひとつと20枚の一万円札が消えた。

でも、まだ山は3個残っている。

「そのおカネは」

鶴田がカネを見つめたまま言う。

「君のものです」

藤井が3個の帯封をおれの前に押し、鶴田が言葉を続ける。

「ありもしない希望を売って、多くの人間の人生を狂わせた、その対価として受け取るギャラです。君に騙された人たちは地獄を見るでしょう。おカネに追い込まれ狂っていくでしょう。そうして稼いだおカネです」

そうだ、そうだよ。おれがあいつらを騙して奪ったカネだ。

カネに追われて人生が狂っていく。まさにおれがそうだった。カネに狂った人生、カネに狂わされた人生。カネのことしか考えられなかった。窃盗も強盗も考えたし、失踪も自殺も考えた。

そんなことばかり考えていた。おれはそこに114人を叩き込んだ。

「その上で聞きます。君はこのおカネを、胸を張って受け取れますか?」

鶴田を見るおれ。こいつはなにが聞きたいんだ?

「私は君を責めているんじゃありません。騙されるほうが悪い、私は常にそう思っています。ただ、君はまだ引き返せる。これで借金もなくなった。このおカネを放棄して真っ当な道に戻る選択肢もある。私は君がどちらを選ぶかを知りたいのです」

答えはハナから決まってる。

「これはおれのカネです。おれがおれの頭と手で稼ぎだしたカネです」

おれは札束に手を伸ばし、引き寄せた。

「罪悪感は？」

鶴田が念を押す。

「どうしてそんなことを聞かれるか、まったく理解できません」

他人を喰わなければ、カネも稼げないし上には行けない。

「よし、合格でしょ、先生」

ワイングラスを手の中で転がしつつ藤井が鶴田に語りかけた。

鶴田はゆっくりと頷き、それからおれを見て話しかけてきた。

「昨日の君は見事でした。完璧な上に美しくさえありました。君には才能がある。人を踊らせる才能、踊らせておカネを出させる才能です。ただ一点、君が君の才能に後ろめたさを感じているかどうかだけが問題だったのです」

「問題？　なんすか、それ。おれがどう感じていたっておれの勝手でしょう」

なんだよハゲ！　なに上からしゃべってるんだ。おれのいい気分を壊すんじゃない。

「オラァ！　生意気な口を聞くな！」

よほど鶴田が大事なのか藤井が吠える。

「いや藤井さん、彼の言う通りです。話す順番を間違えた私が悪い。文化系青年のイヤな名残りです。実は今日は君をスカウトに来たんです。さきほどの質問は最後の試験……というと、また君に怒られそうですが、私に残っていた懸念について尋ねさせてもらったんです。君が望んでもいないことで、君を試してしまってすまないと思っています。許してください」

若造のおれに頭を下げる鶴田。

酔いも手伝っていたんだろうか、おれはその姿を見るなり、いとも簡単に感激した。

「おれのほうこそすいませんでした」

「では、正式にオファーを出します。私の会社に来てください。君の力を貸してもらいたい」

「そんな風に誘ってもらって嬉しいですが、具体的にはなにをするんですか？」

「売って欲しいのです。うちに持ち込まれる案件の多くが、販売に関することです。恥ずかしい話、いまのスタッフでは処理できない案件も増えています。私は今回の君の動きを見て、君なら売ってくれる、売っておカネに換えてくれると期待しています」

「おれの頭と腕でカネを稼げってことですか？」

「はい、そうです。条件は固定給で月三〇万円。その他、案件を成功させるごとに利益額の10％

を歩合として出します」

「本当は20％なんだが、半分はおれが紹介料としてもらうんだ」

ワイン片手の藤井に、してやったりの笑顔が浮かぶ。

そうか、そうか。そういうことなら藤井のこの協力的な態度も肚に落ちる。

「でもな、ただでかすめるわけじゃないぜ。おれと先生で協力してな、加藤のボンを潰してやるよ。二度と表舞台に戻って来れないように徹底的にな。ねぇ、先生？」

おれは思わず藤井を見た。見ずにはいられなかった。

加藤を潰す。徹底的に潰す。

おれは思わず席を立ち、鶴田に深く頭を下げた。

「お願いします！　おれの力が役に立つなら使ってください！　その代わり加藤は必ず潰してください。潰れた加藤をおれに見せてください。お願いします！」

「では、契約成立ということでいいですね？」

「はい。よろしくお願いします」

まるで会話を聞いていたように黒髪の黒服がテーブルにやって来て、おれたちのグラスにワインを満たし、おれたちはそれを掲げた。

「おまえがおれにたくさんのカネを運んでくることを期待して」藤井が言う。

「これから輝くであろう君の星に」鶴田が言う。

星……。

鶴田が星と言ったとき、体温が上がった気がした。

体温が上がって身体がブクッと膨れた気がした。

そう、おれの星はここから輝くのだ。


藤井と鶴田はどんな魔法を使ったんだろう。

それから半年くらいが経った、秋にしてはあたたかい夜だった。

会社帰りにカンナと待ち合わせ、芝浦に繰り出して豪遊し、タクシーの中でさんざんキスをしながら、新しく高円寺の南口に借りたマンションに着くと、扉の前に加藤がいた。

ボタンダウンにチノパン、ジャケットはグレンオーヴァーかキーウエストか、とにかく正統派のヘリンボーン。つまりはいつも通りのトラッドスタイルに身を包み、加藤がおれを待っていた。

すかしてはいるが、加藤がここに来る理由はひとつしかない。

藤井がやってくれたんだ。

鶴田が追い込んでくれたんだ。

きっとヤツは、おれの前に膝を折り土下座するんだろう。

おれは踊るほど嬉しくなった。実際、飛び跳ねたかもしれない。

なぁ加藤、おれにどんなファンタジーを見せてくれるんだ？

思いっきりダークなやつを、頼むぜ。

第5章

洗脳の基本

「人は皆、星を背負っている。生まれ落ちた瞬間にその星は決まっていて、星の定めに従って生きれば素晴らしい人生が訪れる。逆に、星を知らずに生きれば過酷な人生になる」

いつかの新宿ホコ天で、おれはジジイからそう聞いた。
そこで、あんたに聞きたいことがある。
おれがこれから話すことは、間違いなく「過酷な人生」の部類に入る。
でも、おれはそいつに感謝してるんだ。正直に、心から。
これは一体どうしてだ？
おれの星が狂っているからか？
それともおれが狂っているからか？

31

「よう、久しぶり」

おれは、扉の前の加藤に近づきながら、わざとデカい声を出した。

震える小動物を威嚇するようにさ。

「誰？　君の知り合い？」

首筋にぶら下がったままのカンナの唇が、いたずらそうに問いかける。

おれは言葉をやめて、くびれた腰を抱き寄せる。

いいね。そろそろ身体になじんできた、肉の快感が沸き立つようなこの感じ。

ニヤつくおれを知ってか知らずか、カンナが目の前の〝知り合いっぽい男〟に声をかける。

「連絡もしないでぼーっと待ってるなんて、あんた変わった人だね……ま、入ってよ。けど、長居しないで帰ってね。あたしたちいろいろと、忙しいからさ」

肩口の瞳がこちらに向かう。

おれたちはキスをした。見られていることを充分に意識した、長くて、濃くて、甘ったるいキス。

カンナが異様に燃えた。降参だ。

息が詰まるから唇を離し、加藤に聞こえるように事情をはっきり説明した。

「見られると燃えるタイプだなんて、カンナはやっぱ、そそる女。でも残念だなぁ。コイツは部屋には、入らないの。いま。ここで。おれに土下座するからさ」

え？　土下座？　マジそれ？　ウケる！　ははははははははは！

カンナの爆笑に釣られるように、おれまで笑えてきちまった。はははははははははは！

ははは、ははは、はははははは。

……あぁあ？

そこにいつしかもうひとつ、嫌な笑い声が重なってきた。

加藤だ。

「ははは。喜志ィ、まったくさあ、もうさぁ、おまえは。ははは。いつまで経っても甘ちゃんだなぁ。ははは。おれがおまえに、土下座なんかするわけないだろ。ははははは」

血が逆巻いた。

なんだよ加藤。おれを待ってたってことは、おれに頼みがあるんだろ？　いつも通りに振る舞ったって、ほんとはガタガタ震えてんだろ？　強がりはよせ、早く泣き言聞かせてくれよ。

こめかみをビンビンに張ったおれを嘲笑うように、加藤はヘラヘラとしたままこちらを覗く。

「しっかし喜志。おまえ、ずいぶんハデなの連れてんじゃん。女の趣味変えたの？　ってかお姉さんさ、こいつなんかとつるむより、おれとつるんだほうが愉しいよ？」

軽口をやめないどころか、カンナの前で下品に腰を振りやがった。

「バッカじゃない？　てか、あんたバカでしょ。邪魔だからそこどいて」

ほらみろ。カンナじゃなくてもあきれるって。

玄関に向かってカンナが足を踏み出すと、ようやく観念したように加藤はすっとドアの前を空けた。もちろんおれにはこんな最低野郎と交わす話なんて、ひとつもない。土下座をこっちに見せないんなら、関わる必要など皆無。まったくない。

「ってことだ、加藤。土下座しに来たんじゃねぇなら、そこどいて帰れ。おれたちは忙しいんだよ……いろんな意味でさ」

加藤の真似をして腰を振ると、調子に乗ったカンナも一緒に爆笑した。

「ウケるぅ！　もう、早く行こ！」とおれの腕を取って、バッグの中から鍵を出そうとした。

——そのとき。

「待てよ。おれと直接勝負しようぜ」

加藤の言葉が、おれを止める。

おれの中のなにかが、おれを止める。

「あたしはさ、君とこのバカがどんな関係か知らないけどさ」ぼおっと挙動を止めたおれの耳に、冷えたカンナの声が突き刺さる。扉を引き開けながら、カンナはさらに言い放つ。「夜中に人の玄関で待ち伏せるような男なんて、ロクな話持ってきやしないよ。こんなバカほっといて部屋入ろ」

もちろんそうだ。理性は「カンナについていけ」と言っている。

しかしおれは、加藤の言葉を待っていた。

そう。待ってしまった。

「おまえ、最近おれから仕事を奪って、おれに勝った気になってるよな。はっ！　笑うぜ。他人の力借りて、自分はなにもせずに『勝ち』って、それでおまえ、満足なのか？」

「おまえに言われたくねぇな！」

思わず大声が出た。拳が震えた。

加藤の一言は、おれの痛いところを貫いた。

だからおれは。自分を正当化しなければならなかった。

「そんなら聞くけどよ、加藤。おまえはおれをハメたとき、おまえの力でなにをした？　あ？　おまえ自身はなにもせず、パパとカネに甘えてただけじゃねぇのか？　違うか？　あ？　おれはおまえにやられたことを、そっくりそのまま返しただけだ。おまえから文句を言われる筋合いはねぇ！」

「文句じゃない。おまえはそれで満足かって、おれは聞いてんだ」

……うるせぇ。うるせぇ。おれはこれで満足なんだ。うるせぇ、うるせぇ。

「ねぇ、もういいでしょ。部屋に入って〝続き〟しよ」

うるせぇ、うるせぇ、うるせぇ、うるせぇ、うるせぇ、うるせぇ……。

「ねぇったらさ」

「うるせぇ！　一人で入ってオナニーでもしてろ！」

怒りの矛先が間違いなのは、明らかだった。

カンナはあきれ果てた顔を向け、ガツン。おれへの侮蔑をドアにぶつけた。

「あ〜あ、怒らせちゃった」

加藤の表情に余裕が浮かぶ。

「でもま、あーゆータイプは怒らせたら時間置くほうが効果的だし。おれたちもここで立ち話もなんだし、おごるから一杯やりに行かないか？　勝負の打ち合わせといこうぜ」

怒りなのか、屈辱なのか、興奮なのか、歓びなのか。

加藤のその申し出に、おれの身体は、震えた。

「先に降りてろ。一緒のエレベーターには乗りたくねぇ」

吐くように言い捨て、おれは階段に向かった。


肩を強張らせて地上に降りると、エントランス前に加藤がいた。堅い気持ちで見た瞬間おれは、ふ、と和らいでしまった。なぜなら、加藤は——微笑んでいた。この気持ちには、うまい説明が見つからない。「加藤の微笑みに、和らぐおれ」。直後、恥のような怒りのような混乱の塊がせりあがった。

クソ。

これじゃDV野郎に逆らえないメンヘラ女だ。

「おれ、高円寺なんて知らないんだ、どこかテキトーな店へ連れてってくれ」

こちらの混乱などどこ吹く風。どこまでも加藤はスカしている。

おれは無言で北口に進み始めた。

もしも言葉を発したのなら、自分がどこに行ってしまうのか——自分のことが怖かった。

JR高円寺を北口に回り、北中通りに踏み入れる。中ほどまで歩いて、左手に出てきたレンガのビルの狭い階段を地下に降りる。汚いドアに、下手な書き文字が踊る。「フラワーズ」。キャッシュオンの気安さがしっくりきて、なんとはなしに通い込んできた店だ。

ドアを開けた。

酒場特有のくすんだ匂い。

マスターが「まいど」、と軽いノリで声をかけてくる。ざっと見れば客入りは四分程度。流れているのはチープトリック『永遠の愛の炎』。シングルカットされた『The Flame』は、バンド初の全米1位を獲ったよな。

「コロナ2本」

おれがマスターに声をかけると、加藤がカウンターに一〇〇〇円札を2枚置く。それを見ておれは、フロアの中ほどにぬっとそびえる邪魔くさい円柱後ろの席へ向かう。普段なら邪魔そのものの円柱が、今夜に限って目隠しみたいなものだと思う。

「ほらよ」すぐ追ってきた加藤が、２本のコロナをテーブルにごとんと置く。「乾杯は、しないよな？」

おれは手前の１本を引寄せながら、思わず鼻を鳴らす。

「まず話せよ。おまえがここにきた理由を。なんかあるんだろ、薄汚～い魂胆がよ」

たっぷりライムを絞り、加藤の目を見たままボトルを上げた。

加藤がおれを見返してくる。絞ったライムが頬の前でばちばちと音を立てているようだ。

どちらも視線を外さない。

ゆっくりと。卓のボトルを握った加藤の右手が持ち上がる。

カチン。

数ヶ月ぶりの、音だけの、宣戦布告のチアーズ。

32

「女だよ。それもとびきりの美人。スタイルだって抜群で、ふるいつきたくなるような女だよ。

当然、口説いた。時間もカネもかけて口説き倒して、ようやく寝てみたらこれがまた相当に良くて。このおれとしたことが一瞬で溺れたんだ。完全にメロメロだったと思う。だからいつでも彼女と過ごした。出勤前にはキスをして、打ち合わせのあとにも肌を合わせた。どこへ行くにも連れ立って、いつも二人で寄り添って、とろけるような日々を過ごした。

なぁ、喜志。プライベートが充実してると仕事もノるってのは、本当だな。おれの課で一番のクライアントが数年かけて開発した化粧水のリリースキャンペーンを、任された。そのクライアントにとっては他業種へのチャレンジだけに力が入っていたし、だから広告予算も莫大だった。あぁ、仕切ったよ、きっちりと。クライアントが大満足のキャンペーンを練り上げた。

ところがだ。CMも雑誌広告もポスターもイベントも、つまりはすべての仕込みが終わり、さぁ行くぞというタイミングで、ほぼ同一の商品が競合相手から発売された。寝耳に水とはこのことだよな。そんな情報、まるで掴めていなかった。初期出荷として準備していた1万個は急遽、発売取りやめになった。むろんクライアントは大爆発。「誰かが情報を漏らしたに違いない」とすぐに犯人探しが始まった。全員が疑われ、全員が疑いあう。そんなとき。おれの女が忽然と、消えたんだ。

もちろんおれは、寝物語にでもクライアントの秘密を喋るほどバカじゃない。けれども疑われるに充分なのは間違いない。女に要求されるがまま、毎晩のようにキャンティで飯を食い、エルメスやシャネルを買い与えていたのもマズかった。「どこからそのカネが出てきたんだ」ってな。

そんな理由でおれは来月から総務へ異動だ。しかも、発売停止になった1万個は個人的に買い取れだとさ。ありえないと思うだろ？　普通ならありえない話なんだがその会社、オヤジの後援会に入ってて、献金もたんまりしてるって、そういうわけ。上のヤツらはそれをハナから知っていて、すべてをおれにおっ被そうって算段だ。当然、オヤジは怒り心頭。松涛のマンションも追い出される……とまぁ、これが最近のおれの近況だ。

どうだ、喜志。——満足か？」

あぁ満足だ、と言ってやりたかった。
おれの望んだ通りだ、と。
おれをハメたヤツには倍返しがやってくる、と。
でも、言えない。言えるわけがない。
なぜなら、加藤の心は潰れていないから。
おれが土下座で味わった屈辱を、加藤はまったく感じていないから。
おれは、こんなものでは、満足できない。
ようやくわかった。
おれが心の底から望んだのは「加藤の社会的な抹殺」じゃない。
「加藤の心が折れる音」——たったひとつ、その音だ。
けど、まだ加藤の心は折れていない。

おれはまだその音を聞いていない。

畜生。悔しい。畜生。悔しい。畜生。悔しい。畜生。悔しい。畜生。悔しい。

この想いはどうしたらいい？

いや、答えはわかっている。

乱暴に席を立つ。コロナを2本追加する。復讐を他人なんかに任せたからダメなんだ。おれの力で潰してやらないとダメなんだ。畜生。ボトルをひとつ加藤に差し出す。ライムを絞る。悔しい。おれの力で、おれの才能とセンスで、〝今度こそ〟加藤を潰す。

——でも、待て。ちょっと待て。

いままさにおれを激しくブレさせる「悔しさそのもの」が加藤の作戦だとしたら？

口を切る。

「おれを煽ってるのか、加藤。煽ってなにをやらせたいんだ？」

——冷静に。まずはおれが有利な場所を作り上げろ。

「藤井さんから聞いてるよ。おまえさ、いまの会社で〝次々に実績を作ってる〟らしいじゃん。それさ、本当に自分の力だと思ってる？」

は？

「なにが言いたい」

「別に、なにも。自分の力だというなら、相変わらずのマヌケだって思うだけで」

怒るな、怒るな、冷静に、冷静に。

「会社のみんなの力を借りてるんだと、そう言えば満足か?」

「会社のみんな、ね。まるで犬だな。昔は忌み嫌ってた犬に成り下がったか、喜志。あぁごめん、おまえが土下座しておれの靴ペロペロなめたあの晩からず〜っと、おまえはもう犬だっけ」

怒るな、怒るな、怒るな、冷静に、冷静に、冷静に、冷静に。

「悪い、加藤。いまのおまえがなにを語っても、負け惜しみにしか聞こえねぇよ」

「だよなぁ。うん、おれだってそう思う」

加藤は軽薄に言い切って、コロナを飲み干し席を立つ。

まだ飲むのかよと視線を投げた、ほんの一瞬。加藤の頭ががくんと消えた。驚いて下を向く。

ドンと膝を折り、地べたに吸いつく加藤がいた。

「喜志、すまなかった、許してくれ。そして、おれを……助けてくれ」

言い切った加藤の額と鼻が、床をこする。

「お願いします」

床に当たってくぐもった、喉を張った、痛い声。

動転した。予想もしない場面で、土下座。胸の鼓動が速くなる。

いや、早まるな。作戦かもしれない。

「猿芝居はやめて頭を上げろ」

おれが言っても、加藤は額をすりつけたままだ。

店中の視線が集まってきたのがわかる。

「10数える。その間に席に着かなかったら、おれは帰る。いいな」

カウントする。
10、9、8、7、6、5、4、3——。
「勝負してくれ」

頭を上げて加藤が言った。膝はついたままだ。

「勝負?」

「あぁ、さっき話した1万個の化粧水。これを、おれとおまえで半分ずつ売る。一日でも早く売り切ったほうが勝ち、って勝負だ」

「マジか、おまえ。おれにケツ拭かす気か!」

思わず声が裏返った。まさかここまで面の皮が厚いとは、桃太郎侍もびっくりだ。

「もうおれにはおまえしかいないんだ。おまえを頼るしか道がないんだよ。頼む。勝負してくれ。むろんタダでとは言わない! おまえが勝ったら五〇〇万渡す」

声に懇願の色が加わる。……けど、五〇〇万? 一気にどす黒いものが湧きあがる。笑わせる。それはもともとビデオで儲けたおれのカネだ。そんなもんで呑める話じゃない。不埒な悪行三昧は、ぶっ潰す。

「おれが勝ったらチンコ切れ」

加藤が死ぬより嫌なことを条件に出すだけだ。

「……は？」

「タイに行ってチンコ切れ。それを受けるなら勝負してやる」

「それは……」

「できないなら受けないいし、それとは別に、おまえの松涛のマンションの権利書も、勝負が終わるまで預からせてもらう。約束を守らせる担保としてな。その代わり。おれが負けたら、おまえのもとに置いてあるおれの五〇〇万、おまえにやるよ。どうする？　おれはどっちでもいいんだぜ」

汚ねぇヤツには天誅を。醜いこの世の鬼退治。

おれは黙った。そして肝の底から湧きあがる感覚に身をゆだねた。憎悪なのか快楽なのか。そいつはぐらぐら沸き立ち、るつぼとなった。そう。そうだ。そうだったんだよ。おれが求めていたのはこのヒリヒリした感覚なんだ。

必ず加藤はおれの条件を飲む。

おれたち二人のことは、おれたち二人でしか終わらせることができない。

加藤だって、わかっているはずだ。

おれたちは始めるのだと。おれたち二人を終わらせるためのおれたちの勝負を。

「……わかった。それでいい。約束する。勝負してくれ」

しばらくの逡巡のあと、ねばついた唇で加藤が言った。

な、言った通りだろ?


それからおれは加藤を椅子に座らせ、条件をふたつ出した。


その一、売り先は個人に限ること。

加藤か、もしくは加藤の親父が「しばらくしたら返品受けるから一旦納品させてくれ」と、世話した会社に電話一本かけたらどうだ? 一発で勝負は加藤に軍配。させるかよ、売り先は個人限定。それを証明できないときは、売れたとは見なさない。


その二、製造元の変更。

加藤はまだ営業職だ。クライアントの名前を傘に、下請けに強引に買い取らせるかもしれない。あるいはターゲットに効果のある媒体に広告出稿をちらつかせ、大きなパブリシティを入れることだってできる。我が国のサラリーマンの教科書に「寄らば大樹の陰」と載っている以上、小細工ができる可能性は排除しておかないといけない。

もちろん加藤は、ふたつとも条件を飲んだ。

けど、ふたつ目の条件に関してはこんなことを言ってきた。

「製造元の変更に関しては少し時間をくれ。法律でな、化粧品製造許可を持ってないとマズいんだ。急いであたるが、パッケージの制作を含めて二週間くれ。再来週の頭には新しい製造元のパッケージで5000個をおまえの会社宛に送る。そこからの勝負開始にして欲しい」

その二週間は、おれにとってもいい準備期間となる。まったく問題はない。しかし……。

「おまえのことだ。絶対に卑怯な罠を仕込んでるだろうが、それでもおれは負けない。勝つよ。勝っておまえにチンコ切らせて、絶望を味わわせてやる」

そう吐いて加藤を向いたおれの視線の先にあったのは、あの夜、おれを土下座させたときと同じ、底なしに暗い瞳だった。

瞬間、ゾクッとした。

そして、生きてる、と実感した。

やっと。やっと復讐できる。

おれの力でこいつを潰せる。

極上にいい感じだ。ぶっ壊してやる。こいつを。

「じゃあ」

重い息を吐きながら加藤が立ち上がり、なにを思ったのか右手を差し出してくる。バカ野郎だ、こいつ。おれがここで握手するとでも思ったのかよ。叩いてやる、と身構えたのに、ヤツの右手は方向を変えてジャケットの胸ポケットに消えてゆき、出てきたときにはひとつの封筒を握っていた。

「これを預かった」

封筒はおれに差し出された。

ウォーホールのマリリンがプリントされた、ポップな封筒。

「真琴からだ」

曲がThe B-52'sに変わる。『Love Shack』とは、笑えねぇ……。

33

真琴からの手紙をデニムの右の尻ポケットに突っ込み、捨てるに捨てられない軟弱な気持ちを恥じながら、マンションまでの道を歩いた。

真琴――おれを裏切り、加藤の部屋へと消えていった〝彼女〟。

真琴に対しては、もうグチャグチャの心境だった。

愛しいのか、憎いのか、自分でもわからなくなっていた。

わからないまま、戻ったらカンナを抱こうと考えていた。

「ただいま」

機嫌を伺う声でマンションのドアを開ける。

と、玄関すぐにカンナのキャリーバッグ。

ああああ面倒くせぇ。マジ面倒くせぇ。

これから起こる展開が読めすぎたから、一気に萎えた気持ちを引きずるように、キッチンへ。

「ただいま」

それでも精いっぱい、ご機嫌取りの声を出す。いつも通りのしゃんとした背筋。カンナはコーヒーを飲んでいた。怒った感じはみじんもない。すぐにここを出て行ける服装で。メイクだって、ばっちりで。

「おかえり」

おれの顔も見ずコーヒーカップを見つめたままカンナが言った。

「さっきはごめん」カンナの冷静さを読めぬまま、隣の椅子を引いて、座る。

……

…………

無言。

……

……………

………………………

重く、長い無言。なにかがピシピシという音だけが室内に響く。

「あの、外にいたあいつは……」

居心地の悪さに耐えきれず言葉を繋ごうとした。

が、カンナはそれを遮った。

「いままでありがとう。彼が来たってことは『全部聞いた』ってことでしょ？」

カンナが首を左に捻り、おれの目を見てくる。

嫌な予感がした。いや、予感じゃない。確信だ。

「聞いたんでしょ？　あたしがさ、こういう言い方は笑っちゃうけど、スパイだってこと」

正直に告白しよう。

カンナが「スパイ」と口にした瞬間、目の前が黄色くなった。ブラックアウトならぬイエローアウト。心音が二度ほど跳んだ感覚を引きつれて。

おれの顔色からすべて察したんだろう。カンナがしまった、という表情になる。

「あれ、その様子だと違う話だったか……やっちまったな、こりゃ」

視線を外しつつ自分の頭を叩いたカンナは、右手をカップに伸ばしてコーヒーを一口含んだ。ぐっと飲み干し、深呼吸。もう一度おれを見つめなおすと、一語ずつ区切るように話し始めた。告白、というトーンで。

「あたしは、加藤君から言われて、君のことをスパイしてました。加藤君からギャラをもらって君と一緒に過ごし、君のことを報告してたわけ。……覚えてるかな？　あたし、君の仕事のこと聞きたがったよね。そのたんび、仕事の役に立ちそうな人を紹介してきた」

そう。カンナは必要とする人を、必要とするときに紹介してくれていた。どれだけ助かったことか、誰よりもおれが知っている。

「もう想像できたでしょう。その人たちはね、加藤君の紹介だったの。だから、あなたがその人たちに会ったり、打ち合わせた内容はすべて加藤君に伝わってる。てか……これ以上は言う必要ないよね」


ガツン！

カンナの声にかぶせるように、おれは拳をテーブルに叩きつけた。

加藤の言った「おまえの力じゃない」ってのは、こういうことか。

「おれの成功は、加藤のおかげ」。つまりおれは、加藤の掌で踊らされるおねだり猿だってわけか——クソ、クソ、クソ、クソ、クソ！

イライラして、もう一度テーブルを叩く。

振動でカップが倒れ、どろりとコーヒーが流れ出す。ぬるく、黒ずんだ奔流が。

視線を感じる。哀れんでいるのか。蔑んでいるのか。

力んだ拳が柔らかく包みこまれる。見なくてもわかる。カンナの両手だ。

こぼれたコーヒーがだらだらと、女とおれの手を汚していく。

ぬるくて黒く淀んだものが、女とおれの隙間を埋めていく。

いやだ。とっさに右手を動かそうとしたけれど、包む掌が離れない。

最悪だ。カンナの手は。あたたかい。

トゲがボロボロと抜ける。あたたかさに甘えたくなった。身を任せたくなった。だからなのか、察知したように立ち上がられた。ばねのように身体が動いた。まだあたたかい自分の右手を細い腰に巻きつけた。

——カンナ。

「ここまでだよ、もう。ゲームオーバー」

優しい指先がおれの右手を押し戻した。

「出て行くわ。君との時間、仕事を超えたところで楽しかった」

シンクに向かい、キッチンペーパーを掴んできたカンナは、だらだらのコーヒーを上手にぬぐった。その手つきはさながら、おれの体液を処理してくれる事後のしぐさのようだった。

「大きなお世話だろうけどさ、最後に伝えておくよ。あたしが報告するたび、加藤君、いつも梅干し飲み込んだような顔してた。ぼそっと、やっぱ喜志は天才だ、って呟いたのも聞こえたんだ。二人の間にどんな事情があるのかなんて知らないけどさ。保証してあげる。君たちが組めば最強だ、って。早く仲直りしなよ……じゃあね」

白い頬が傾いて、おれの呼吸をすっと止めた。

少しだけソルティなキス。

最後のキス。

そしてカンナは踵を返し、キッチンをすり抜けた。

ほどなく玄関の開く音がした。閉まる音だってすぐだろう。

閉まる音は好きじゃない。

おれは両手をぶら下げたまま、耳もふさがずただそこにいた。

最低だ。史上最低のバカ野郎だ。

「自分が自分である証明のために、頭と手だけでカネを稼いだ?」

「窮地を脱し、おれを欲しがってくれる力と出会った？」
「おれを欲しがる力を利用して、憎むべき相手を潰した？」
「三島さんが負けた『カネという暴力』をねじ伏せ、勝者になった？」
ぼたり——床に小さな水溜まりができる。
バカ野郎、泣くなよ、みっともない。泣いたら全部終わりじゃん。
バカでも最低でも、まだ戦うチャンスがあるんだから。
女々しく折れるヒマがあるのなら、爪を磨け、牙を研げ。
加藤を許すな。
そうだ、加藤だ。潰せ。おれを愚弄し、おれを侮蔑した加藤を潰せ。
おれを踊らせていた加藤が、今夜おれに土下座したのは罠があるからだろう。
またおれをハメて潰そうとしているからだろう。
それでもいい。それでもおれは勝つ。どんな罠だろうと、圧倒的に勝つ。
加藤の人生を潰さない限り、おれの人生は、明けないからだ。
真琴の手紙も罠だろう。
——だったら、読んでやる。
動揺させるつもりか、困惑させるつもりか。
加藤がおれを揺さぶりたいなら、真っ正面から受けてやる。

その上で、勝つ。
おれは絶対に負けない。
加藤にも三島さんにも、おれは負けない。
おれはおれだけの力で、おれの人生を切り拓くんだ！

『喜志君へ

ごめんなさい。
私は手紙を書ける立場じゃないって、わかってるけど。
だけど、どうしてもお詫びを言っておきたくて。
電話する勇気も出ないから、こうして手紙にしたんです。
喜志君、ごめんなさい。
言いたいことは……あるけど、言いません。
喜志君を傷つけたのは事実だから、許してくれとも言いません。
ただ、これだけは伝えたかった。
喜志君からは、私なんかにもう用事はないだろうけど。

私にできることがあれば、なんでもしたいの。

自己満足かもしれないよね。でも、伝えておきたかった。

読んでくれてありがとう。

喜志君の活躍を、陰ながら応援しています。いつまでも。

真琴』

34 クソ喰らえ。

鶴田は、社員が個人的に仕事を受けることを許可していた。

バイト程度の仕事なら報告義務はない。「発注先が個人だとマズいんだよね」というクライアントの場合は、事前に鶴田に了解を得ることと、入金時に売上の5%をバックすることを確約すれば、会社を通して仕事を受けることも可能だった。

今回の勝負は、もちろん会社を通して受ける。加藤と鶴田がグルなのを知っての上で、だ。

いずれにせよ、おれの出方は報告されるんだろ？

ならばフルオープンだ。おれのほうから、おまえらの出方を見てやるよ。


翌日、会社に出たおれは早速、鶴田のデスクに向かった。

「鶴田さん。再来週、仕事を一本受けたいんですが」

書類から上がった鶴田の顔は、相も変わらずつるんとしている。

「もちろん構わないですよ。面白そうな仕事ですか？」

鶴田の言う「面白さ」とは、イコールどれだけ儲かるか。

「それが……今回は二五万ほどしか落とせません。それでもいいですか？」

鶴田の顔がみるみる曇る。

「君がそんな小さな仕事を受けるなんて初めてじゃないですか？　なにか理由があるんですか、その仕事にこだわってしまうような」

なに猿芝居してんだよ。おれはひそかに目を尖らせる。

全部知ってるんだろ？　キタキターッて、加藤に報告入れたくてウズウズだろ？

「個人的にどうしても受けないといけない案件なんです。儲からない仕事で申し訳ないですが、よろしくお願いします」

「投資ですか？　義理ですか？」

さすがは鶴田。自己保身神キャラをきっちり演じる。カネの儲からない仕事をすんなり受けるはずがないってことだ。……だったら、ストレート勝負。

「復讐です」

「それは至極、個人的な話ですね」

さぁ、どう出る？

鶴田の目をまっすぐに見る。

「正直に言って、私はその仕事を受けたくありません。個人の復讐に会社を絡めるのは不適切ですし、私としても、君にその仕事をやらせたくないと思っています。なにか、とてつもなく嫌な予感がするんです。……君はどう思います？」

そう来たか。でも、おれは引かないよ。

「会社に迷惑はかけません」

「君は、この会社の社員です。社員がミスをしたら会社が損害を受けるんです」

「すべてを逐一報告します。鶴田さんが危険だと思ったら、その時点で仕事を止めてください。損害金や賠償金が必要な場合、僕が負担します」

どうだい？　間者のあんたには魅力的なオファーだろ。

「負担できる額ですか？」

はあ、まだグズグズ言うかよ。

「僕はいま、自己資金として五〇〇万を持っています。それで負担できる時点でストップをかけていただければと」

これでどうだ、と思う間もなく、鶴田がほっと息をついた。

「君がそこまで言うのなら仕方がありません。気は進みませんが、会社で受けることを許可します。その代わり。すべてを迅速に報告してください」

ヘドが出るね。この勝負が終わったら、二度と見たくない腐ったツラだ。

「ありがとうございます。ご存知の加藤さんがクライアントです。数日のうちに連絡があると思いますので、よろしくお願いします」

「……わかりました。受けるからには、微力ながら君を守りましょう。好きにやってください」

私は君のことを大変に心配している、という表情でメ。

クソ喰らえ。

十日後、加藤からサンプルが届いた。

肌を美しく蘇らせるという、仕入れ価格1個一万円の液体。商品名は「美肌水」。パッケージは資生堂を強烈に意識した椿色。製造元は、ソウカナチュラルという企業。どうやら埼玉県草加市にある有限会社らしい。

調べないとな。加藤がなにかを仕掛けるとしたら、この会社だから。

いや、それは鶴田に任せればいい。なぁに、徹底的に調べてくれるだろう。

おれはサンプルを鶴田に丸投げし、「売る」アイデアを煮詰め始めた。

――いや、正確に言い直そう。

おれが取り組みだしたのは、「売る」アイデアじゃない。

「買いたくなる」アイデア。もっと言えば、「買わずにはいられなくなる」アイデアだ。

欲しがらせること。

無理してでも買わないといられない心の状態を作り上げること。

商品はなんだって構わない。その「心」さえ作れれば、なんでも売れる。

そして、おれにはそれが簡単にできるんだ。

どうやるかは……まぁ見ててくれ。


おれはまず、電話をかけた。相手は、加藤とは繋がっていない風俗好きの小太り、ゴシップ系ライターの泉。おごるからと新宿に誘い出し、ノーパンしゃぶしゃぶでメシ食わせつつ、狙う業界の情報を聞き出した。

「グレーで全然いいんだけどさあ、最近伸びてるカイシャ教えてよ」と膝を詰めるおれに、最初こそ警戒心を剥き出しにした泉だけど、「ソープおごる」ってつけ加えたら案の定、態度がごろりと好転し、「だったらライフビジョンがいいんじゃない」と秘蔵の情報を教えてくれた上、その仕入れ担当とピンポイントで繋いでやるぞと上機嫌。

持つべきものはスケベな泉。

感謝の顔を作ったところで、攻め入る準備は完了だ。

35

二日後。

三島さんに託されたギャルソンのスーツに身体を通し、鏡をながめ、ノットを押さえ、ゼロハリバートンをぶら提げたおれは、泉がアポを取ってくれた午後イチぴったりに、東銀座から徒歩三分のライフビジョンを訪ねた。

エントランスで名前を告げると、フレームレスの眼鏡をちかりと反射させて、色白で骸骨のように痩せた男が左奥から現れる。神経質そうな30代。フランネルチェックのシャツにベージュのコットンパンツを合わせた姿からオーガニックがプンプン匂う。無印信者に違いない。

「はじめまして、ライフビジョンの寺田です。ご紹介は伺っております」

堅い角度の名刺交換。もしも骸骨が喋れるんなら、きっとこんな声を出すだろう。

骸骨男の後ろに広がるオフィスは二十坪ほどのワンフロア。ど真ん中にやけに大きな緑色のテーブルが置いてある。ウレタンなのか、ビニールか。一見謎な素材感だ。ちなみに床も壁も天井も、撮影スタジオのように真っ白。窓はゼロ。奥にはぽってりとした丸みを描く、黄色いブックシェルフが鎮座。左右の壁にはSEかクラシックか、一体型のマッキントシュを載せたステンレスの机がふたつずつ。

居所知れずのスピーカーから流れてくるのは『天晴』。ボーカルに桐島かれんを迎えて再結成したサディスティック・ミカ・バンドのアルバムを選ぶとは……「健康食品系マルチレベルマーケティングの会社」と聞いて短絡的に、やたらシンプルか、やたらゴージャスなオフィスを予想していたのに、なんだよ、クールじゃん！

「どうぞ、おかけください」

上機嫌できっちり会釈。そのあと骸骨男に勧められた謎素材の椅子が予想よりも柔らかく、ぶへっ、なんて間抜けな声を出しちまった。その途端、初めての帝国ホテルのスィートで同じような声を出したシーンが蘇る。軽く舌打ちして座り直すと、奥の女と目が合った。この日オフィスにいた、骸骨男以外のたった一人だ。真っ黒なワンピース、真っ白な肌。強烈に甲田益也子を意識した正統派アンアン族。歳はおれとタメくらいか。

にこり――もう一度、おれは最上のスマイルを送り出した。

つもりだったのに、おれの最上のスマイルは、完全に、完璧に、無視された。

「本日は、商品をご紹介くださると伺っていますが……」

代わりといってはなんだけれど、骸骨男の敵意丸出しの窪んだ目がこちらを見遣る。

からの、畳みかけ。

「私たちのもとには日に50件を超す商品の売り込みがあります。しかし、いま私たちの組織では新規の商品を取り扱う予定がありません。本日ご紹介いただくだろう商品においても、例外ではありません。はっきり申し上げますと、私たちには、ご紹介をいただく必要がないのです。お互い時間は大切でしょう。申し訳ありませんが、そうした事情をご理解いただけると幸いです」

あ〜あ。おれは心の中で小躍りする。

いきなりそいつを言ってのけるとは、底が知れるぜ、骸骨男。

「なんにも買わず下手に出といて、ひょっこり来た営業から有益な情報を引っ張り出してこその仕入れ担当」って習わなかったかい？　これ以上なく手玉に取りやすいキャラだから、おれにとってはラッキーだけどね。

「はい、そのことは伺っています。私も本日はお話を聞いていただくだけ、と思って参りました。十分程度で済ませますので、どうかお時間をください」

椅子から立ち、深く頭を下げる。

そのまま静止だ、骸骨男から声がかかるまで。

「わかりました。できるだけ手短にお願いします」

ほーらね。ペラペラのヤツには頭下げるのが、一番効く。

さてここからは一気呵成。考える隙を与えないよう攻めるだけ。

「ありがとうございます」

おれは頭を上げ、さもホッとしたように大きく呼吸をしてみせる。ゼロハリを薄く開いてクリアファイルを取り出し、A4ペライチを抜いて骸骨男の前に滑らせた。

「それでは早速ですが、ご説明いたします」

あとのことを考えて、立ったまま言葉を繋ぐ。

「本日私がお持ちしたのは、卸値が一万円の商品を5000個です。この商品を、10人のダウン、いわゆるセカンドラインを持つパートナー1500人に流す。売価を二万円とし、セカンドラインへの割引価格を二〇〇〇円、マージンを本部五〇〇〇円、パートナー三〇〇〇円でシミュレーションすると、本部の最終利益は二五〇〇万円となります」

オマエハナニヲイッテイルンダ？

って、そんな感じかい、骸骨男。

いきなり「二五〇〇万の儲け」って振られて、断っていいのか、断ったら自分の立場がヤバくなるのか、判断なんてつかないだろ？　目が泳いでるぜ。

「私どもは企画を専門にしている会社ですので、セールスの設計は責任を持って請け負わせていただきます。今回お持ちした商品には自信がありますので、そうですね、完売まで一ヶ月で保証させていただきます。ギャラは……通常こうしたフルパッケージだと一〇〇〇万円いただいているのですが、今回はこちらからの売り込みですので五〇〇万円に勉強いたします。つきましては、こちら」

おれは一気にまくし立て、いったん言葉を切って椅子に腰を下ろし、今度こそゼロハリをフルオープンしていく。もったいをつけて視線を誘い、帯封の札束を五つ、机の上に積み上げた。

「ギャラと同額の違約金です」

え？

え？

その場のふたつの顔がおれを見つめる。

オマエハナニヲイッテイルンダ？

ナンダ、コノカネハ？

普通なら怪しいことこの上ない話だ。しかし——。

おれは痛いほど知っている。現金には、力がある。

少々の疑問なんか吹き飛ばし、気持ちを前のめりにしてしまう、力そのもの。

普段からどれだけ大きな取引に慣れてるヤツであろうが、関係ない。目の前に積まれた現金に、揺れないヤツなどほぼいない。甘い汁も、苦い目も、こってり経験してきたこのおれだ。だから全財産を持ってきたんだ。

「いかがでしょう?」

テーブルの上。カネのすぐ後ろで指を組み、おれは静かに問いかける。

——静寂。すこぶる美的で静謐なひととき。

「あの、すいません。あの、その、違約金とはなんのことですか?」

5曲目の『暮れる想い』に入ったのをきっかけに、おそるおそるという上目遣いをしながら骸骨男が口を開いた。揺れる気持ちが透けている。

「あれ? 泉さんからお聞き及びではありませんか? 弊社は、すべての仕事を完全成功保証で請け負っております。ギャラが高い代わりに、失敗した場合にはギャラと同額の保証をお付けしているのです」

先ほどとは打って変え、にこやかにゆっくりと伝えていく。

しかし、二人の顔を見る限り、まったく頭に染みていないようだ。

仕方ない、かみ砕こう。

「私の説明が下手で申し訳ありません、整理させていただきます。本日、私は商品のご案内に参ったわけですが、今回弊社の商品を仕入れていただくにあたっては、弊社が一ヶ月以内に売りきるシナリオを書かせていただく、と。御社本部の最終利益は二五〇〇万円を予定している、と。一ヶ月以内に売りきれなかった場合には、違約金として五〇〇万円をお支払いする、と。こういうことです」

「私どものリスクとはなんでしょう?」

甲田モドキが奥から声をかけてきた。低い、美しくない声だった。

「私が考える限り、ございません」

「おかしいじゃないですか。あなた側に一方的にリスクがあるのに、どうしてあなたはこんな話を持ちかけられるんでしょう?」

「簡単です。御社と組めば、弊社にもリスクがないからです」

にっこりと含みおく。

「どうしてですか? 完全成功報酬となれば、当然リスクはあるでしょう」

今度は骸骨男がわめき出す。

オーライ、わかるよ。納得させて欲しいんだろ。

「中高年女性10名をダウンに持つパートナーが500人いれば、この企画が失敗する可能性はゼロです。弊社は独自のノウハウを持っておりまして、過去に失敗したことはありません。御社ならば弊社の要望をクリアしていただける——そう思ったからこそ、私は御社にご案内に参ったのです」

「確かにそのご要望には充分にお応えできますが、しかし……」

「なにか問題が?」

「……いま初めて伺ったことばかりなので少々混乱していまして。一度本部に報告するなりして、改めてこちらからお返事申し上げてもよろしいでしょうか?」

やっぱ、そう来た。

日本のリーマンは決して自分で判断しない。乳離れできないガキと同じだ。

ガキにはゲンコツ。飴玉だったらもう充分にぶら下げました。

「申し訳ございません。いまここでお返事くださいますか。私としては御社の可能性に惹かれておりますので、なんとか御社とお仕事させていただきたいと思っていますが、万が一にも御社に断られた場合、『ぜひ取り扱わせてくれ』と強硬におっしゃる会社がございまして。実はこのあと、御徒町まで同じ提案に行く予定となっているんです」

「ナオロンですか!」

甲田モドキが重低音を響かせる。

――この一言を聞きたかった。チェックメイト。

「それだけは申し上げられません。『御徒町』ということでお許しください」

ナオロンとは、ライフビジョンの競争相手にして最大手。

仕入れ部が御徒町にあることはもとより調査済み。

ここまで誘い込めたら、断られる目は皆無。いまさらだけど、おれの態度が丁寧なフリした居丈高にスライドしたこと、気づいてた?

「やりましょうよ、寺田さん。リスクはまったくないんだし。今四半期は売上も目標割れしてるから、ちょうどいいじゃないですか！」

よし、まずは甲田モドキが腹を決めた。

「だがなぁ……仕入れ枠がいっぱいだろう。五〇〇〇万も仕入れを立てるのはマズいだろ」

男は女より覚悟ができないものだ。どんな場面においてもそう。

かく言うおれも、もちろんそう。

「なるほど……ご相談のお時間が必要ということであれば、どうぞ断ってください。今回はご縁がなかったものとあきらめますので」

カネをゼロハリに戻しながら冷徹に言い放ち、表情を消して立ち上がる。

人を覚悟させるなら、追い詰めるのがキモだからね。

「いきなりの参上、なおかつ失礼なことを申しました。お時間いただきありがとうございました」

「待ってください！　仕入れ枠の件は私がなんとかします」甲田モドキがあわてておれを引き止め、骸骨男に向き直る。「……ね、寺田さん、やりましょうよ。これ成功させたらきっとグレードが上がります。私もフォースグレードが欲しいんです。寺田さんだってきっとマスター行けます。二人の責任でやりましょうよ」

グワン。

熱が上がったことを背中で感じた。

グレードなんぞと言われても、おれの知ったこっちゃないんだが、場に気力がみなぎったことだけはよくわかる。「特殊なコミュニティにはカネを上回る価値観だって存在する」。つまりそういうことだ。

ちらりと見れば、上目遣いでおねだりする甲田モドキに、正直グラグラの骸骨男。

「そう……だな。そうだよな、……うん。よし、やろう。やるからには必ず成功させよう」

やっと気持ちが固まったのか。骸骨男の声が柔らかくなる。

「喜志さん、色々と失礼な態度を取って、申し訳ございませんでした。よろしくお願いします」

伝わるよ。気が小さくて根は優しい男なのだろう。

「こちらこそありがとうございます。嬉しいです。どうぞよろしくお願いします」

どうだい？

商品の説明どころか、なにを売るのかさえ相手にまったく告げずに商談成立。

おれが美肌水の販売方法として選んだのは、イベントだ。

加藤と積み上げたイベントのノウハウこそがおれの一番の財産だったし、「おれたち」が始まったのと同じ方法で「おれたち」を終わらせようと考えたからだ。

骸骨男や甲田モドキと密に連絡を取り合い、酒など酌み交わし、おれは復讐のため、ヤツらはグレードなるもののため、着実にイベントを仕込んでいった。

「当日の集客は？」とおれ。

「現在450名。目標まであと50名です」と甲田モドキ。
「会場もオッケーです。音と映像はいつチェックしますか？」と骸骨男。
「機材レンタルの関係で当日の朝になります」とおれ。
「司会、決まりましたか？」と甲田モドキ。
「予算の関係もあり、マスターの柴さんにしたよ」と骸骨男。
「柴さん！　それは確実に盛り上がります！」と甲田モドキ。
「これで準備は整いましたね」とおれ。
「いよいよ明日かと思うと緊張します」と、上気する骸骨男。
「私は楽しみです。赤いワンピース、着ちゃおうかしら」と飛び跳ねる甲田モドキ。
「じゃあ、僕は白いスーツでも着るか」と骸骨男。
「では、僕は青いドラえもんで」とおれ。
笑いが起こり、寄せては返すその中で、骸骨男が手を差し伸べてきた。
「ありがとうございました。大変、充実した日々でした」
「寺田さん、握手は祝勝会でしましょうよ」甲田モドキが骸骨男の腕を引く。
「祝勝会はおごりますよ」とおれ。
「期待しています。絶対に成功させましょう」と甲田モドキ。
「じゃあ、握手は祝勝会で！　必ず成功させましょう」と骸骨男。

「大丈夫、必ず成功します」とおれ。

もちろんこの世に「確実な成功」などというものは、ない。

それどころか、「やってみなければわからない」の不確定要素に満ちている。

けど、おれは確信している。

おれは勝つ。それがおれの星だ。おれはできる。

三島さんが認めてくれたように、おれには才能がある。

人を操り、財布を開かせ、カネをつかみ出すセンスがある。

それがおれの星。おれが生きるべき、おれだけの星。

彼らと別れたその足で公衆電話の受話器を引く。テレホンカードを差す。そらでも吟じられる数字、鶴田の直通番号をプッシュする。数コール。受話器が上がる。

「もしもし、喜志です。お疲れさまです。こちらいま終わりました。はい、報告通りです。大丈夫だと思います。そうです、13時です。僕は7時には入っています。駐車場は準備しますか？　はい、わかりました。……え？　藤井さんが？　じゃあ藤井さん一台、確保しておきます。12時半には入ってもらうよう伝えてください。はい、よろしくお願いします。はい、お疲れさまです」


さぁ、いよいよだ。

36

港区にあるライフビジョン本社ビルの最上階。

7時に会場入りし、準備を仕切る。椅子の配置、受付の設営、参加者名簿の確認、配布物の用意、トイレの清掃、本部からヘルプに来てくれたスタッフ30名の役割分担、買い出し指示、マイクと音響のチェック、そして映像のセッティング。

8時。16ミリ映写機のセットが完了する。さっそくテスト。

アメリカから買い取った、みるみるシワが取れていくフィルムをメイン素材として、シミが消えたり肌に艶が出たりしていくムービーを、蝶の変態とミックスさせた魅力あふれる四分間だ。

9時。司会の柴さんと打ち合わせ。

どんな人かと思いきや、言ってしまえばジュディ・オングを体重5割増しにした風貌。とても明るくて柔らかで、その上、聡明。骸骨男たちの信頼が分厚いのも頷ける。あと30年は若ければ、確実にナンパしただろうアトラクティブな女性だった。

10時。メインスタッフだけでランスルー。

音響と照明を入れて、頭からキッカケを全部合わせていく。柴さんのマイクが抜群にうまい。老いてきたことをうまく嘆き、老いてなければと笑いを誘う。

「柴さん。一言、素晴らしいです。台本があるとは思えないくらい、柴さんの言葉で話していただいて。とても伝わってきます」

心からの褒め言葉。

「あら褒め上手ね？　照れちゃうわ」

しなを作る柴さん。ここまで順調。

けれども、忘れてはいけない。このイベントの目的は、ワンセット10個の美肌水を、やってくる500人全員に買わせること。つまり、美肌水5000個の完売。それが実現しなければ、いくらイベントが盛り上がったとしても意味はない。

そのために客の無意識に侵入し、「買わずにいられない状況」を作る。おれは脳味噌を振り絞って原稿を書いた。問題は柴さんが受け入れてくれるかどうかだ……言葉を選びつつ、柴さんに語りかける。

「次の原稿から商品説明に進むんですが、はっきり申し上げます。柴さんにとって事実ではない内容を書きました。ご不快に思われることでしょう。しかし、私が請け負ったのはこのイベントの成功です。つまり美肌水5000個を、この場で売り切る企画の成功です。そこをお含みいただいた上で、まずはご一読ください」

原稿を渡す。

空けた手で老眼鏡をかけた柴さんは、返事のかわりにシートを丹念に読み込み始める。

おれは押し黙る。視線が最後の一行をなぞり終わった。

ふう、と溜息。眼鏡を外した柴さんが、原稿を握ったそのままでおれを真っすぐ睨みつけた。

「あなたは酷い人ね」

やっぱりな。おれは酷い。それでも、それがおれの――。

「仕事ですから」

「そうね、お仕事、ね……わかりました。この通りお話しします。お仕事として引き受けるとは、そういうことですものね。でもね、あなた。こんな話を聞かされた女はみんな泣きますよ。そして今日の商品を買うでしょうね。そのことを『酷い』と言ったの……あなた、地獄に落ちるわよ」

「覚悟しています。では原稿通り、ということで。時間も押していますので、このあとはサクッと流れだけチェックしましょう」

全体ミーティングが十分後に迫っていた。

12時。スタッフ全員を舞台に上げる。

骸骨男からプロデューサーと紹介されたおれのここでの役目は、イベント前のたるんだ空気を締めあげること。マイクの前でたっぷりと間を取り、会場の全員と目を合わせてから、おれは静かに口を開いた。

「このイベントの目的は、美肌水を全セット完売させることです。ここからの時間は、その一点にのみ集中してください。一人で所在なげにしている人を見かけたら声をかけてください。迷っている人がいたら背中を押してください。皆さんは本部に選ばれたエリートです。私は、皆さんならできると信じています。よろしくお願いします！」

「よろしくお願いします！」と全員が声を上げ、会場の準備は整った。

12時20分。会場にアロマオイルが焚かれる。集中力を高めるとされているローズ系。
12時30分。受付開始。次々と中高年女性がやってくる。
12時40分。鶴田と藤井が到着。軽く目礼。スタッフが関係者席へ案内する。
12時55分。参加予定者、全員到着。ホールが溢れんばかりの人で満席になった。ほど良いざわめき。そして、幕が上がる。

暗転。舞台横からスモーク。
舞台上に配置した照明。つまり、コロガシで薄いピンクを差す。

リヒャルト・シュトラウスの『ツァラトゥストラはかく語りき』フェードイン。

音量を上げながらバックサスを上げる。

シルエットで浮かび上がる柴さん。音の最高潮でピンスポ。

柴さんだけを抜く。できるだけ絞って。

歓声が上がる。腕を広げて応える柴さん。

音上げろ！　もっともっと限界まで！

おれはオペ室で指示を出す。

よしそうだ、上げて上げて。カットアウト、同時に――。

「皆さん、今日はようこそお越しくださいました！」

柴さんが叫ぶ。最高のタイミング。会場の540人が少女のような声をあげる。

臭すぎる演出かと思案したが、これくらいやって丁度良かった。つかみはばっちり。

柴さんは勢いに乗って、ランスルーの何倍もいい感じで話を進めていく。

あっという間に三十分が過ぎ、商品説明の時間に突入。

MAXまで上げていた地明かりを徐々に落とし、スポットを効かせる。

エリック・サティの『グノシエンヌ』が二番から薄く流れ始めた会場で、柴さんが静かに語り始める。今日の勝負はここからだ。

37

「皆さん、これから私、女性のお肌を美しく蘇らせてくる化粧水のご案内をさせていただきます。言うまでもないわよね。お肌というのは、女性にとってとても大切な授かりもの。一生涯をともにする伴侶でしょう。ですから私、この化粧水のお話を聞いたときにね、素直に『いいな』って思ったの。

けれどもね。私、頑固なところがありまして、大袈裟な謳い文句の商品を信じないタチなんです。ええ、ええ、少なからず騙されてもきましたしね（笑）。だから今回だって、使う前はぜーんぜん期待を持たずにいたんです。ところがなのよ。実際に使ってみたら、どうでしょう、私のお肌ったら、すべすべなのよ！　ねぇ皆さん、私、どうかしら？　女性として、まだ大丈夫かしら？」

大丈夫ですよう、素敵ですよ、朗らかな声色が野花のように満ちていく。

「まぁ、ありがとう。私とっても嬉しいわ。ほんのちょっとだけ調子に乗っちゃおうかしら（笑）。ね、こんな冗談を言えてしまうのも、この歳だからかもしれないわ。そしてもちろん皆さんと同じ、うふふ、女どうしだからなの。この『女どうし』というご縁、歳を重ねるほどしみじみ大切に思えませんか？」

うっとりと愛らしい表情を浮かべた柴さんが、全体を優しく見回していく。

小さな首肯が広がっていく。

「ええ、ええ、本当に嬉しいの。だから心が決められました。私これから、皆さんとのご縁に甘えて、デリケートな打ち明け話をふたつ、させてもらいます。とても個人的な話ですけれど、どうぞお困りにならないでね。

……ひとつ目は。言っちゃう。私ね、左のおっぱい、偽物なんです。数年前に乳ガンを患って、根本からすべて切除したんです。お勉強もしたし、覚悟もしたのに、女ってやっぱり脆いものね。術後すぐは人に会うのも外に出るのもすべて嫌。家に閉じこもって泣いてばかり。痛感したの。えぐれた傷口はお洋服で隠せるけれど、自分の心は隠せない、と。私の中の『女』が死んだ、と絶望したの」

柔らかい言葉遣いでプライベートを打ち明けながら、柴さんの右手が左胸をそっとあたためていく。会場中がその指先を、せつなそうに見上げていた。中高年の女にとってなにが一番響くかと考えておれが捻り出した大ウソ。狙い通り会場をがっちりとロックした。

「ううん、ごめんなさい、心を痛めてくださっている、皆さんに謝らなくちゃならない。正しく言わせてちょうだい。私、女としては『二度死んだ』んです。一度目の死は『乳房切除』。二度目の死は……」

ほんの一瞬、柴さんの目元が悲し気にうつむく。

激しいセリフが、ふくよかな声を媒介としながら会場に染みていた。

おれは舌を巻いた。柴さんは演者として台本を解釈しきっている。「二度の死」。その内容がクイズじゃないってことを。客が考え込む隙は、むしろ潰すべきだとも。言葉はすぐに継がれた。

「二度目の死とは『主人から営みを拒否されたこと』。ええ、頭ではわかるんです。主人が身体を労わってくれているのだと、それはなにより優しい態度だと。けれどもね、皆さん。感じることとわかることとって、本当にちぐはぐなものなのね。何十年と見慣れた乳房が死に、その上、ほんの僅かな回数ですけれど、その僅かな夫婦の営みすら死に絶えた。

私の女は二度死にました。このお部屋で乳房がない女は私だけかもしれませんけれど、ふたつ目。夫婦の営みを殺されるという苦しみ。嘆き。切なさ。老い。若い娘に伴侶を奪われるのではという嫉妬。妄想。強烈な、恥。そして……もうはっきり言ってしまいますよ。セックスの価値がなくなったという、絶望。……ええ、ええ、お恥ずかしい話です。でも、このふたつ目の死について は、皆さんのうちのどなたかは共感してくださるかもしれないと、ええ、それが誰かなどと決して探りはしませんよ、けれどもそんな『見えないあなた』に。明日は我が身と不安になられた『未来のあなた』に。これからお話しする、とある希望の光のことを。女としての『生まれ変わり』のヒントを。お届けしたくて、いまここに、立っているのです」

おれは、しばらく前から、音を単調な旋律のループに切りかえていた。軽いトランスに入れ、意識の力を弱めるためだ。そこに激しいキーワードを打ち込んでいく。死。絶望。恥。セックス……普段口に出さないが、いつもどこかで意識している強い言葉たちは、人から考える力を奪い、洗脳状態を作り出す。

さぁここからは、希望の光を見せるだけ。

値札のついた、光をね。

「たとえ女が死んだとて、身体も頭も生きている。私は主婦よ。私は生き延びなくてはならないの。だからひとつ目。まずは失った乳房を、見た目だけでもと形成しました。すると……不思議なものね、枯れはてるほど泣いてきたのに、形が整っただけで心までもが蘇ったの。見るのも嫌だった、ボディラインの出るお洋服に袖を通して。鏡を見たら、前よりずっと、何十倍も素敵に思えた。あらやあね、セクシーだとか、勘違いはしていないわよ。ただの、普通の、お花柄のセーターよ。それがぽっ、と、前より鮮やかなピンクに見えたの。それからなんです。たったひとつのおっぱいが、たった1枚のセーターが、私の女を蘇らせたの。見つけ直した『女として生きる喜び』が、砂地が吸い込む雨のように、ぐんぐん私にハリをくれたの。

それからふたつ目。気になるでしょう？　もう、先に言っちゃう。営みが増えたかどうかは、恥ずかしいからノーコメントね。主人はね。それでも女であろうと口紅をひきセーターを選ぶように変わった私のことを『綺麗だね』とぎこちなく抱きしめてくれるようになったんです。一度など、『蘇った。君は一生、女の子だよ』って。キザなことなんてひとつも言えない朴念仁が、そのときだけは真っ赤になって……あら困った！　マイクを握ってノロケるなんて、みっともないことするもんじゃないわ（笑）」

柴さんが恥ずかしそうにクネるたび、共感の笑いが広がっていく。

その笑いの一つひとつが同調効果となって、自分の財布のヒモを緩くするとも知らず、キャー、なんて頬っぺた覆うお客すら見えた。

おいおい、中年夫婦の旦那衆が少女マンガみたいなセリフを吐けるわけないだろ。

まぁ、そんな〝オメデタさ〟が、おれにカネを運んでくれるんだけどな。

「うふふ、ごめんなさい、ノロケは終了。それからの私は女として——いいえ、人としての自信がついた。こちらでの活動を一生懸命に頑張るようになったから、こうして皆さんの前に居場所をいただくマスターの地位によじ登れた。あぁ、皆さん。女ってそんな生き物なんだわね。『いつまでも女でいる』——ほんとにたった、それだけのことが、人生でなにより大切なのよ。だから、今日こうしてご縁をいただけた『女どうし』の皆さんに、声を大にして言わせて欲しい。女として蘇りましょう！　今日ご案内の化粧水を使って、女として蘇りましょう！　そうしたら人生が輝いてくること、私が皆さんにお約束しますから！」

拍手。会場の半分は泣いている。

その拍手が鳴り止む前に明かりを落とし、美しき蘇りの映像をぶっ込む。

映像が終わるタイミングで、柴さんを抜くスポット。

柴さんは、さめざめと泣いている。

「ありがとう。皆さんありがとう。今日ここで皆さんと会えて、私は幸せです。あぁ、言葉に詰まりそう。皆さんなんて素晴らしいの。そうなのよ。女どうしって、なにより素敵なキズナなのね。ねぇ、皆さん。皆さんも私みたいに、お友だちやお知り合いに、このお話をしてくださいね。女性にとっての蘇りの大切さを、商品と一緒にお届けするの。それはね、素晴らしい活動です。もしもいま皆さんが私に対してキズナを感じていただけているなら、そしてこのキズナを広げる活動をご一緒していただけるなら、もう一度、拍手をお願いいたします！」

大きな拍手。会場の全員からの鳴り止まない拍手。

これで決まった。人は自分で決めたことには逆らえない。全員が買うだろう。

あとは逃がさないクロージングで締めていけばいい。

「ありがとう。こんなに拍手をいただけるなんて……嬉しい。いえ、拍手の大きさのことじゃないの。なにより嬉しかったのはね、私の気持ちを受け止めてくだすった、皆さんのお気持ちそのものなのよ。

皆さん、いまのそのお気持ちが消えないうちに、お知り合いに電話しましょうね。女としてもっと豊かな人生を送るための、扉を開いて差し上げましょう。幸せは自分のもとに返ってきます。幸せにした人の数だけ返ってきます。美肌水は10個ワンセットですから、10名のお知り合いに今日すぐにお電話しましょう。女どうしのキズナを深めつつ、お小遣いまでできちゃうんだから、バラ色じゃない？」

会場から笑いが起きた。緊張のあとの弛緩。この揺さぶりが洗脳の基本。

「では皆さん、いまから本部のスタッフさんが申込用紙をお配りしますから、必要事項を記入して出口で渡してくださいね。もちろん私も出口でお待ちしています。よろしければお写真を一緒に撮りましょう。そのあとは、一階下の食堂においしいケーキとお茶を用意しています、美肌水を広める同志として、女どうしのキズナとして。ぜひいろいろお話ししましょう。どうぞよろしくお願いします」

柴さんを出口に配置することで、客が断るためのハードルを一気に引き上げる。

この熱気を考えれば、間違いなく完売するだろう。

もちろん「いまは断りづらいから書いておいて、あとで断ろう」と思いつつ申込用紙を出す客はいる。だからこそそのティータイムなのだ。ともにテーブルを囲むことで仲間意識が高くなるし、盛り上がっている客と話せばキャンセルに罪悪感が働いて心の中の迷いはなくなる。つまり、完売は動かない。

ステージを降りた柴さんがおれの横を通り過ぎる。

と思ったら、踵を返して戻ってきて、おれにこう囁いた。

「喜志さん、お仕事ってこういうことね。おカネって、こうして稼がせてもらうのねぇ。私、しみじみしちゃった。みんなが私を見て泣いたけど、私はみんなの財布が開くところを想像して愉快な気持ちになったわ。気持ちいいの。わかる？　最高なのよ。だから前に言った言葉、訂正するわ。地獄に落ちるのはあなただけじゃない」

柴さんが一歩踏み込んだ。声を落とし、おれの耳に吹きかける。

「私だって、地獄行きよ」

第6章

星は巡りて

おれはおれの星を考える。
おれはなんのために生まれ、どこに向かって進んでいるのか。
少なくともこの数週間は、加藤への復讐のためだけに生きてきたはずだ。
加藤を潰し、加藤の心の折れる音を聞くためだけに。
なのに、なぜだ？
翌日、ライフビジョンから5000個の注文がきて、おれの勝ちが決定したのに。
微塵も心が沸き立たない。
それどころかゲージが鬱方向に下降して、どん。
おれは一週間の有給を願い出た。
――どうしたんだ、おれ。あれほど望んだ勝ちなのに。
このむなしさは、なんだ？
おれは一体どうしたんだ？

38

週が明けて火曜日。

「ライフビジョンから五五〇〇万円が入金された」と鶴田から電話がきた。

ライフビジョンは「追加で１０００個でも２０００個でも欲しい」と縋《すが》ってきたようだが、どうでもいい。加藤に入金証明を送ってもらうついでに「僕のギャラはいらないから、その辺りは好きにやってください」と鶴田に告げ、おれはリネンの繭に逃げ込んだ。


加藤からおれの口座に五〇〇〇万円の振り込みがあったのは、それから二日後のことだった。


同じ週の土曜日。

「祝勝会、開きましょう」と電話してきたのは骸骨男。

正直、まったく行きたくなかったが、骸骨男たちには世話になったし、おごる約束だってある。

おれは重い身体をベッドから引っぺがし、芝浦に向かった。

行く先は、11月にオープンしたばかりの「ゴールド」。

ディスコなんかじゃ満たされなくなった、ヒップで軽くて新しもん好きな男女に向けて、「クラブ」って提案はどう？　と生まれてきたのがこいつ、とびきりデカい一棟のハコ。

まさか、骸骨男たちが祝勝会にここを選ぶとは思わず、こっそり吹いた。てか、ジャグジー遊びしたくたって、６階のＹＯＳＨＩＷＡＲＡは週末にフリーじゃ入れないよ、甲田モドキ。おれは渋る彼女をなだめすかし、５階のＬＯＶＥ＆ＳＥＸに腰を落ち着け、いい顔で握手をし、乾杯した。

そのときは二人にアルコールがいい感じに回った辺りで帰るつもりだった。

だけどもそこは性《さが》と呼ぶんだと思う。

ずぶずぶ床を押し込んでくる重低音に腰の辺りをくすぐられるうちにウズいちまって、３階のメインフロアへ一人突入。爆裂するハウスミュージックに頭が飛んだ。

ひたすら踊り、たらふく飲んで、世界が溶けた。

幸せを感じて誰かとキスをした気もするけれど、もちろんまったく記憶がない。

部屋に戻れたのは奇跡だし、眠りに気づかぬ泥酔だった。

そうなると、予感も経験も警戒だって、忘れちまう。

なにを忘れたのか、って？

——えげつない苦しみの直前は、幸せみたいなマヤカシを味わわされる、ってこと。

目が覚めたのは、焼けつくように咽喉が乾いてしまったから。

ふらつきながら流しに掴まり、蛇口に口をつけて水を飲む。

もちろん、トイレ。オールリバース。

そっから先はお決まりだ。

吐くもの吐けたら、次は頭痛。

掘削ドリルを突き立てられたようにゴンゴン響く、堪えがたい痛み。

最・悪。

自業自得としか言えないが、酒が抜けるまではゾンビ以上になれそうもない。

ゾンビの習性として光を避けつつベッドに潜りこむ。と、馴染みの音が鳴り響く。

リーンリーンリーン。

電話だった。

首も回さず眼だけで時計の中身を覗く。時間は午前の10時過ぎ。

予定あったっけ？

いや、今日は日曜だろ。

了解。さよなら。

規則正しい呼び出し音が留守番電話に切り替わり、それと同時に回線が切れた。しかし、間を置かずに再度のコール。これで終われば可愛いもんだが、地味にリピートしてくる留守電、コール、留守電、コール、留守電……クソ！　いい加減にしろ。

おれは辛抱たまりかね、舌打ちとともに電話線をモジュールから引っこ抜き、ついでに電話機ごとクッション辺りに投げつける。それから眠剤と鎮痛剤をガリリとぶっこみ、布団に頭を突っ込んだ。

どがんどがんどがん。

お迎えを待つネロ、パトラッシュのごとく安らかに丸まるおれの上。

『フルメタル・ジャケット』さもなくば『地獄の黙示録』てなボリュームで降ってきたのは、天使じゃなくて金属音。

どがんどがんどがん。

薄れた意識でそれがノックだと理解する。畜生。おれの部屋は鉄のドアだからことさらよく響くんだ。もう一度ちらりと時計を眺める。11時。引っこ抜いてから一時間しか経ってない。クソ、頼むから寝させてくれ。

どがんどがんどがん。

「はぁい、はぁい、はぁい、はぁい。いま出るから静かにしてくれ！」

怒鳴りながら起き上がった。ようやく効いてきたクスリがむしろ後頭部をぎゅうぎゅうと引きあげる。あぁ頭痛てぇ、クソ、ざけんな、とマックスの不愉快を正面からぶつけるべく、ドアを開ける。

加藤がいた。

39

「喜志ィ、おまえ、なにをしたぁ！　なんで地検の特捜がオヤジのところへ来る？　なんでヤツらがおまえの名前を出してんだ！」

おれの顔を見るなり喚き散らす。

ぶちり。瞬間、とんでもない大きさの怒りが満ちた。

憎い。許すな。潰せ。……殺せ。

「知るかよ負け犬！　死んでから来い、コラァ!!!」

頭痛を構わずありったけの声を叩きつけ、右の拳を固めて加藤の顔面に叩き込む。が、ゾンビなのを忘れていた。力はまったく入ることなく、むしろ加藤が拳をよけた拍子に身体が流れ、おれは玄関に這いつくばった。

へばったおれのすぐ真横。加藤がベタリと土下座する。

「美肌水の件はおまえの勝ちだ。いや、全部、一切合切、おまえの勝ちだ。だから許してくれ……いや、許してください。お願いします」

加藤が頭をすりつける。倒れた横目で、は？　と酒臭い息が漏れる。

もういい、もういいよ、土下座は。やり過ぎで、そろそろインフレだって起こしてる。

「お願いします。許してください。おれはおまえをハメようとした。認めます」

は？　え？　なに？

加藤てめぇ、いまなにを言った？

ハメヨウトシタ？

ふらつきながらおれは立ち上がる。

「ハメようとした、って、なんだよ？」

加藤を真上から見下ろす位置に移動する。

おれの中に嫌な感じの黒いブヨブヨが生まれていく。

「申し訳ない」

頭を下げ続ける加藤を見て、ブヨブヨが瞬間的に沸騰した。

「こらあ、加藤！　『申し訳ない』じゃわかんねぇよ！　言えよ、なにやった！」

「ソウカナチュラルって製造会社、休眠会社でな。それを買い取った」

土下座の頭をコンクリにグリグリすりつけながら加藤が言う。

「そんなことは知ってるし、化粧品の製造許可を持ってることも確認した」

「そう、会社は調べ尽されるとおれも思った。だから美肌水、ブツ自体に仕掛けたんだ」

そこで加藤は頭を上げた。目に脅えが浮かんでいる。

「どういうことだ?」

それでおれは、事態が最悪の状況になっていることを覚悟した。

「種別許可制度っていって、化粧品は品目ごとに製造許可を取らなきゃいけないんだが、美肌水は許可を取っていない」

だからなんだ?

たとえ美肌水そのものに問題があっても、売りの部門に責任が回ってくることはない。うちの会社が懇意にしている弁護士に、その件だって確認済み。なんの問題もないはずなんだ。

だが——。

「だからなんだ?」

おれは、おれのカラータイマーが点滅し始めたのを感じていた。

「申し訳ない」

もう一度頭を下げた加藤を見て、おれのブヨブヨが再度、沸騰する。

「話せ、加藤。全部話せ、クソ野郎!」

「喜志、申し訳ない。おまえがイベントしかける前日、ソウカナチュラルの取締役におまえを登記し、他の人間は辞任させた。つまり、いまのソウカナチュラルはおまえ一人の会社だ」

「だったらなんだ！　え？」

「薬事法違反で逮捕されるのは、おまえだ」

ぐわん。景色が歪んだ。

——逮捕？　逮捕される？　おれが？　逮捕？　留置所か？　裁判かけられて刑務所か？

前科。犯罪者。凶状持ち。ムショ帰り……。

ふざけるな。おれはなにもしていない！

土下座を続ける加藤の後頭部を、力の限りに上から踏みつけた。

「ぐえっ！」

鼻を地面に打ちつけたんだろう。加藤が呻く。

構わず踏みつける足に体重を乗せる。

こいつはどこまで汚いんだ。どこまでおれを落とせば気が済むんだ。

コイツが憎い、コイツを許すな、コイツを潰せ、コイツを殺せ！

「ずまない。ずばなび」


ガッ。ゴリッ。

おれが踏みつけるたび、声が日本語から乖離していく。

「謝って済むことか！　このクソが！」

「でぼ、おばえは、づがまらない。いっだい、いづ、ぎがづいだ?」

鼻が曲がり、血まみれになった顔をひねりながら加藤が発する。

おれが捕まらない？　気がついた？

「なぁに言ってんだ、おまえ！　どうしてくれるんだ一体！」

なんのことだ？

こいつはなにを言ってるんだ？

「ずばなび。ゆるじでぐだざい」

——いや、しかし。確かに、話は少しおかしい。

おれは加藤の頭を踏みつけつつ、思考をめぐらす。

こいつは細工をしていた。おれが勝手に破滅するように。

橋のちょん切れたハイウェイをぶっぱなす、全自動破滅マシーンのように。

それなのに、加藤はなぜここにいる？

どうして血まみれのぐじょぐじょで……謝っている？

「なぁ、だのぶよ、おじえでぐれよ」

誰かが、動いたんだ。おれの知らないところで。

「おまえ、帰れ」

「がえっだら、たずけでぐれるが?」

誰かって、それは……二人のどちらか。

今回の話を全部知っているのは藤井と鶴田しかいないのだから。

「それはこれから考える。でも、帰らなかったら助けない」

「わがっだ。がえる」

「あぁ、帰れ、いますぐ帰れ」

そう言いつつもう一度、呪いを込めて加藤の頭を踏みつける。

ぐげぇごげぇ、とそれは、地獄の底で餓鬼が泣くようなえづきだった。

おれは、その頭から足を離し、思考を再び続行する。

だったら鶴田だ。

藤井ならとうの昔に連絡してきている。

恩着せがましく耳打ちしてきて、半端ないカネを請求するはずだ。

では、なぜ。どうして……鶴田が?

おれを助けたのか? それともさらに罠があるのか?

いくら考えてもわからない。

不意に思考が途切れ、トランス状態からこの世に戻り、気分が落ちる。目の前には血まみれの加藤。ひっでぇツラ。さらさら後悔はないけれど、せめて、とボロいタオルを1枚投げてやる。

加藤はそれを受け取って、血の止まらない鼻に押し当てつつ両手を地面につけて、とても器用に土下座した。永遠と間違えてしまいそうな時間をかけて土下座をし、血だの唾液だのでドロドロにしたおれの靴や玄関をぬぐい、立ち上がってもう一度深くお辞儀をし、それから血塗れのタオルを抱いて部屋を出て行った。

加藤が出て行ったあと、おれは冷たいシャワーを浴びた。

冷たいシャワーを浴びながら、だばだばと冷え切っていく身体をそのままに、排水溝に吸い込まれていく水の渦だけをただ見つめた。

雑にタオルで髪を拭うと、鎮痛剤をもう一度飲みくだし、そのままベッドに倒れ込む。二十分もそうしていると頭痛が消えた。おれはもう一度シャワーを浴び、電話機のモジュールを差し直し、鶴田の番号をプッシュした。

それからおれは、繋がった受話器の向こう側へ、すべての成り行きを送り込んだ。

返ってきたのは――沈黙。

命を吸われてしまいそうな、長い長い沈黙だった。

そのあとに、コトンと、なにかを置く音がして、覚悟のトーンが聞こえてきた。

「午後8時。ゴールデン街のサテリコンに来てください。場所はわかりますね？」

――サテリコンだって？

おれが聞き返す前に、鶴田は受話器を置いていた。

40

老若男女でぐしゃぐしゃと猥雑な新宿東口の人の群れを抜けてすぐの、わずかな立木が向かう目印だ。靖国通りから斜めに走る、黒い森のような遊歩道をくぐり抜ける。

目を瞑ったたって歩いていける。夜にホッとするような飲んべたちの、ちいさな横丁。

午後8時前。ゴールデン街に、おれはいた。

掌はドアノブの感触を覚えていた。

「サテリコン」は、まったく変わってなかった。

静かなマスターが静かにカウンターを守り、静かに曲が流れている。

この歌声はおそらくエルミーヌだろう。

三島さんが教えてくれたパリの歌姫、その人だ。

あぁ、そうだ、こんなふうに教えてくれたんじゃなかったっけ。

77年にデレク・ジャーマンが監督したパンク映画『Jubilee』に出演したと。82年にデヴィッド・

カニングハムのプロデュースで『The World On My Plates』をリリースしたと……。

懐かしい。あの頃が蘇る。

そしていまは、あの頃ではない。

三島さんが贔屓にしていたカウンター左端を空け、その隣に座った。

まだ多少の二日酔いはあるけれど、構わない。ビールを注文する。

あの頃と同じように凍ったビアタンが出てきた。

「じゃあ、乾杯」とおれの左側で三島さんが言ってくれるような気がした。

ゴールデン街は基本、夜が深い。

今日は平日、しかも時間が早いせいか、店にはおれの他に誰もいない。

流れているのは、おれと三島さんとの時間だけ。

いまのおれにとっては、これ以上ない至福の時間。

このまま世界が止まればいいのに……おれはほんの一時、おれの目的を忘れた。

午後9時を迎える頃。おれが入店してから初めてのドアが開いた。

「申し訳ない。お待たせしてしまった」

声を聴かずともわかっていた。

いま、ここに来てくれるのは美しい眉目じゃない。野郎もうらやむ浅黒い肌じゃない。180

の長身じゃない。あつらえのスーツでも、低くハリのある声でも、靴音ひとつまでも洗練された、洒脱な爪先でもない。

思い出に浸れるのはほんの一時。そんなことはわかっていた。

それでも、すぐには振り返れなかった。

靴音がおれの背中に近づいてくる。おれは少しだけ首を回す。

鶴田の薄い髪を見た瞬間、おれは一気に現実へと引き戻された。

三島さんは、死んだんだ。

41

「私にはギネスを」

おれの右隣にすうっと座ると、鶴田はマスターに声をかけた。

「教えてください。一体なにがどうなってるんですか？」

鶴田の登場で一気に現実に戻されたおれは、できる限り冷静に、鶴田から情報を引き出しにかかった。

「聞きたいことがたくさんあるのはわかっています。でもまずは一杯、楽しませてください。時間は充分ありますから」

鶴田がほんの少しだけ眉間をゆがめたまさしくそのタイミングで、マスターがビアタンを差し出した。鶴田はそれを受け取ると、おれの前方に軽くかざす。

おれは苛立ちが表に出ないよう静かにビアタンを持ち上げる。

静止したおれのグラスに、自分のグラスの上だけ斜めに合わせた鶴田は、そのままシルクのような泡ごと黒ビールを流し込んだ。

その様子がなぜか三島さんに重なったので、目尻がじくっと熱くなる。

おれはバカか？

しっかりしろ。平常心を保て。

冷静に。一体この身になにが起きているのかを聞き出すんだ。

おれはぎゅっと瞼を閉じ、開き、そして……声を切り始めた。

「さっき電話で話したように、加藤がおれの部屋に来たんです。あいつはおれに『なにをした』と聞きました。尋常じゃない感じで。怒りというよりは脅えながら、必死で聞きました。だけどおれは、本当になにもしていない。ならば答えはひとつ。誰かが、おれの知らないところで、なにかをした――と」

おれは鶴田のほうに身体を向け、横顔に語りかける。

「鶴田さんですよね」

「……」

「鶴田さんでしょう？」

「……」

「どういうことか、説明してください」

おれは静かに、けれどありったけの想いを込めて鶴田を見る。

鶴田は所作を保ったまま、無言でギネスを最後まで飲み干した。それから目線だけをおれに寄越し、それからジャケットの内ポケットに手を伸ばし、小さい円筒形のケースを渡してきた。

「実印です、君の。君はまだ作っていなかったんですね。印鑑登録も終わっています。そんなに高いものじゃありませんが、どうぞ使ってください」

実印、だって？

三島さんとの思い出のカウンターに、まるでふさわしくない品物だ。

なぜそんなものが。おれの知らないところで。ここに。こうして。

「おれの……実印？　無断で作った、っていうことですか？」

「申し訳ないとは思っています」

「全然そうは見えませんよ」

不意に、星という言葉がおれに降ってくる。

おれの星はなんなのか？

おれはなんのために生まれ、どこに向かって進んでいるのか？

信じ、裏切られ、騙し、奪い、潰し、そしてまたハメられる、おれ。

そこに星などあるのか？

「藤井さんに頼まれてソウカナチュラルの取締役変更をしたのですが、有限会社の場合は新しく役につくほうの、今回の場合は君ですが、印鑑証明が必要なので作らせてもらいました」

「やっぱり藤井さんも絡んでるんですね。後ろにいるのは加藤ですか？」

あるとしたらオモチャ星。

加藤に遊ばれ、藤井に遊ばれ、そしていま鶴田に遊ばれている。

おれの人生、オモチャのチャチャチャ。

「藤井さんは純粋にクライアント。おカネをいただいて仕事をしただけです。それにその印鑑は、他のことにはまったく使っていませんから安心してください」

「は、ははは」と自分の口から力ない笑いがこぼれた。

オモチャは、いつも遊ばれる。

「安心って……鶴田さん、それは無理ですよ。今回の責任は、全部おれのところに来るんですよね？　おれは警察に逮捕され、前科者になる。加藤がそういう絵を描いたんでしょ？　その片棒を鶴田さんも担いだ。よく平気で安心なんて――」

「……マスター、ボトルを。喜志君にも」

「酒なんかいいから、なにが起こったかすべて教えてください！」

おれは少し声を荒げ、すぐに感情に飲み込まれるなと自分を諭す。

三島さんが教えてくれただろう。

《交渉事は、冷静さを失ったほうが必ず負ける》。

おれはひとつ深呼吸を入れ、ゆっくりと鶴田を見た。

「わかりました。お答えします」

鶴田は一瞬だけおれを見て、すぐに視線を正面に戻し、言葉を続ける。

「まず、一番大切なことからお話しましょう。君のところに警察は来ません。来る理由がないからです。美肌水は、化粧水ではなくもっとスピリチュアルなものとして、つまり、日本では〝雑貨〟というカテゴリーで販売できる形に私が変更しておきました。雑貨にはむろん薬事法は適用されません。というか日本の法律では、雑貨であればどんなものでも、許可を必要とせずに販売できるのです。ですから、加藤君が指摘した薬事法違反で君が逮捕されることはありません」

え？

なんだって？

それはつまり鶴田がおれを救ったってことか？

美肌水を、薬事法違反となる化粧水ではなく、法律がまったく関係ない雑貨のカテゴリーに変え、おれを助けてくれたのか？

まさか。

加藤の手先のはずの鶴田がおれを助けるわけがない。

おれはなにがどうなっているか混乱し、答えを探して鶴田の顔を横から覗き込む。

そこに『Woman in chains』。『Tears for Fears の3枚目『The Seeds of Love』。

やめてくれ、ローランドのドロンとした歌声は気分じゃない。

せめて曲を飛ばしてもらおうとマスターのほうを向いたとき、目の前に紙が1枚滑り出てきた。

「ソウカナチュラルの銀行口座のコピーです。私が口座を開き、ライフビジョンから五五〇〇万を振り込んでもらいました。『我が社が五〇〇万をいただいたのち、藤井さんにその通帳を渡す』

――そういうお仕事でした。ですが私は、その五〇〇万を我が社に振り込む代わりに加藤君のお父さまの事務所に送金した、ソウカナチュラルの名前でね。実に簡単でした。事務所に電話し、お世話になったので寄附をしたいと担当の方に申し上げたところ、喜んで口座番号を教えてくれました」

コピーに目を落とす。

打刻を読むと、確かに加藤の親父の事務所にソウカナチュラルから五〇〇万が送金されていた。

だけど、答えが見えない。

とてつもなく嫌な予感だけが広がっていく。

「鶴田さん、もういいです。もうワケのわからない話で煙に巻くのはやめてください。警察に逮捕されることはないにしても、おれは地獄に落ちるんでしょ？　あなたが藤井さんや加藤とグルになっておれを地獄に落とす。その地獄のほうがおれにとってキツいから、美肌水を雑貨に変えておれを警察行きから救った。そうなんでしょう？　もういい加減、教えてください。ここから先、おれは、どんな地獄に落ちるんですか？」

鶴田は答えない。

指を握る。

そして、おれの眼をしっかりと見つめ返した。

続く鶴田の言葉は、意外なほど意外過ぎるものだった。

「喜志君、君は日本の国籍を持っていませんよね。印鑑証明を作るときに知りました」

42

おれの、国籍？

どうしていまのこの状況でおれの国籍が出てくるんだ？

確かにおれは在日三世で国籍は中国だ。別に隠していたわけじゃない。

じゃないが、国籍のことではいい目を見なかったから。おれが中国人だと知った瞬間にツバを吐くヤツ、下に見るヤツ、離れるヤツは、あんたが考えるより格段に多いからな。だからおれは自分の国籍が好きじゃないし、だからおれは国籍のことは話さなかった。

そのおれの国籍が、どうしてここで関係ある？

言葉を失うおれの前に、鶴田がさらに1枚の紙を滑らせてきた。

「日本には政治資金規正法という法律があります。その第二十二条をコピーしてきました」

若干の熱の帯びた鶴田の言葉にさらにおれは混乱しつつ、紙に目を落とす。

政治資金規制法、第二十二条の五。

『何人も、外国人、外国法人又はその主たる構成員が外国人若しくは外国法人である団体その他の組織から、政治活動に関する寄附を受けてはならない。』

「その条文は、政治に携わる人間――今回のケースでは加藤さんの父上が、外国籍の人間、あるいは外国籍の人間が大多数を占める会社――今回だと喜志君、もしくは、喜志君の一人会社になっているソウカナチュラルから寄附金を受けることを禁止しています。当然、それを犯せば政治資金規正法違反になります」

「だから加藤の親父のところに警察がきて、だから加藤がおれに土下座した……」
「そういうことです」
「おれの国籍を知った鶴田さんが、それをやってくれたってことですか?」
「差し出がましいかもしれませんが、はい、そうです」
「ちょっと待てよ!」

ずるり。

ぐらり。

心の底の底が。

揺さぶられる。

「じゃあつまり、あんたが美肌水を化粧水ではなく雑貨での販売にしてくれたことで、おれは警察に捕まることもなく、あんたがおれの中国籍を使って加藤の親父に献金してくれたおかげで加藤の親父は窮地に陥ってるってことかよ!」

自制は破れ、おれの怒声がサテリコンに響く。

おれが自力では成し得なかった復讐を、いとも簡単に、鶴田がした。

なんのために？
なんのために鶴田がそんなことをした？
おれの国籍まで暴き出して、なんのために？
決まってる。
おれをもっと暗く深い地獄に落とすためだ。
国籍か？
国籍を使っておれを落とそうとしているのか？
日本を追い出そうっていうのか？
汚れたオモチャは日本の外に捨ててしまえってことか！

「ふざけるな！　国籍まで持ち出して、あんた一体なにを企んでるんだ？　警察なんて緩いから公安におれを売ろうって腹か？　そのほうが面白いって藤井や加藤と絵を描いたのか？　おれが中国人だからなにやっても許されるってか？　中国のオモチャは法律を持ち出すと弱いからトコトン遊ぼうっていうのか！」

胸が熱い。

おれは死んでもいい。
誰かを殺してもいい。
目玉がせり出すような熱に巻かれた。
拳の先が白く白くぶるぶると震えた。

「バカにしやがって、このクソ野郎！
表に出ろ、ぶっ殺してやる！」

もう辛抱できなかった。
鶴田の胸ぐらを摑んだ。
スカした紺ブレがぐちゃぐちゃに揺れた。
ボタンダウンの下がぶらぶらと膨らんだ。
死刑になってもいいからぶっ殺してやる。

そのとき——大切な。大切な言葉が降ってきた。
「おまえはおまえだ。おまえがおまえであり、おまえの星を信じおまえらしく生きていく限り、国籍もなにも関係ない。おまえはおまえだ」

カウンターの奥からだった。

「そんなことを言われただろう、三島君に」

――マスターだった。

43

ゴトリ――。

おれの前に三島さんのボトルが置かれた。

ズブロッカ。「第一章」と書いてある。

間違えるものか。間違えられるはずがない。最後に三島さんと会ったあの日に、三島さんがおれのために名前を書き、大事な一言とともに入れてくれた、そのボトルだ。

おれの視線はボトルに止まる。

ボトルのラベルの三島さんの字に吸い込まれる。

鶴田の胸ぐらを掴んでいることを、忘れるほどに。

その、忘れ去られた胸ぐらの上から、熱くて正しい声がした。

「三島君とは、映画をご一緒したのが縁で仲良くしていました」

……なんだって？

おれの中身が反転する。

三島さんと……鶴田が……知り合い？

おれの手が緩むんだ隙に鶴田はさらりとおれから抜け出し、身頃《みごろ》を直して腰かける。スッとズブロッカを引き寄せ、マスターが出してきた四つのグラスにアイスペールの氷を入れた。

そしてこちらをまっすぐ見つめ、いつものトーンでこう言った。

「私はカメラを担当していました。そのときの監督がマスターです」

カカカ、と三島さんが嬉しそうに笑う姿が、目に浮かんだ。

バカはおれだ。なんにも。見えちゃいなかった。

最初に三島さんから店の名を紹介されてから、いつでも気づける話だったのに。

＊

東京新宿・ゴールデン街、バーの名前は「サテリコン」。

男根、愛欲を象徴する、ギリシア神話の精霊「サテュロス」をモチーフとした文芸作。

名匠フェリーニは、その原作を「古代ローマの男色青年が経験するパノラマ的冒険譚」として大胆に組み替えた。退廃的に美しく、酒池肉林で狂ってて、最高にグロテスクな映画のひとつ。

そうした蘊蓄をとうとうと語る三島さんに、寡黙なマスターが珍しく、嬉しそうな合いの手を入れていたシーンが蘇る。

＊

思い出だけで、いまようやく確信できる。

三島さんとマスターは、とうの昔から強い絆を持っていたのだと。

鶴田が氷を入れたグラスにマスターがズブロッカを注ぎ、トニックウォーターを満たす。次いで鶴田のマドラーがそれらを攪拌し、ひとつはおれへ。そしてマスターへ。自分へ。最後のひとつはおれの左隣、三島さんへ――。

「三島君に」

「三島君に」

マスターと鶴田が声を合わせ、グラスを上げる。

おれもグラスを高く掲げた。

景色が滲む。

目の中で膨張する。

そのあとの風景は、歪んで見えなかった。

トイレにこもり泣き声を殺して気を静め、おれは心の配電盤を入れ替える。

カウンターに戻るとすでに、マスターは表の電気を消していた。きっと表札も「Ｃｌｏｓｅ」に変わっているんだろう。

「今日は私たちの貸し切りにしました。飲みましょう」

この言葉を聞いた瞬間。おれの中で鶴田は「鶴田さん」に切り替わった。

だから次の言葉も自然に口をついた。

「ありがとうございます。さっきはすいませんでした。それから、助けてくださってありがとうございました」

椅子に座る前、おれは鶴田さんに深く頭を下げた。

「いえ、私のほうこそ。もっと早くに言うべきだったのかもしれません」

あぁ、おれは。

焦れるような、嬉しいような、なんでだよ、と叫ぶような。

膨らみきった心地がする。

「それは……そうですよ。どうして言ってくれなかったんですか？」

「三島君に、嫉妬させたかったからかな」

――嫉妬。

その言葉は瞬間、予期せぬ形で、おれを甘く満たした。

鶴田さんはグラスを宙に上げた。おれの知らない三島さんと鶴田さんの絆がそこにある。

おれこそ逆に、嫉妬した。でも、いい。構わないんだ。三島さんの話ができる人がいるだけで、幸せだ……おれは心が溶けていくのを感じていた。

「おれと三島さんのこと、いつ知ったんですか？」

「初めて藤井さんの事務所で会ったときには、すでに知っていました」

「初対面から、ですか？」

「君のことはよく聞いていましたから。三島君、なんでも愉しげに話してくれていたんですよ。だから藤井さんから君の情報が流れてきたとき、すぐに『この子だ』とわかりました。大袈裟かもしれませんが、運命的なものさえ感じたんです。だからあのとき、助けの手を伸ばそうかとも思案したんです」

「でも、そのとき。鶴田さんは、伸ばしてくれませんでした」

「君が三島君から聞いてる通りの人間ならなんとかするだろう、と思いまして」

「僕を試したわけですか？」

「いえ、違います。三島君を試したのです」

「……三島さんを？」

「はい。三島君を」

相変わらずつるんとした口調で鶴田さんが言う。

思わずおれはホッとして、心からの声が出た。

「良かった」

「なにがですか？」

「三島さんを傷つけなくて」

「それも違います」

「違う？」

「はい、君は三島君を傷つけています。それも、深く」

「そんなことありません。僕は三島さんが負けたものに、負けていません」

「おカネのことですか？」

「ええ、僕は三島さんに言われた通り、自分の頭と腕だけで稼いでいます」

「誰一人幸せにしないやり方でね」

「……どういうことですか？」

「三島君は、君になにを伝えましたか？　他人から奪うことを教えましたか？　違うはずです。『与えること』を伝えたはずです。三島君は、私が知る限りずっと与え続ける人でした。与えすぎて、苦しくなって、この世にはいられなくなるほどに。違いますか？」

「……違い、ません」

ようやく鶴田さんの口元がほころんだ。

「嬉しいです、認めてくれて。でしたら、私の『役割』もありますから」

「鶴田さんの役割?」

「はい。三島君が私に言い残した言葉があるんです。伝えてもいいですか?」

「ぜひ、お願いします」

「『おれになにかあると喜志はカネに狂うかもしれない。そしたらあいつを助けてやってくれ』と」

「……三島さん」

「上からの物言いになってしまいますが。私は三島君に代わって君を育てようと思っています。おカネに引っ張られてマイナスな方向に行ってしまう君の才能を、プラス方向に変えていきたい。『関わるすべての人を幸せにしながらおカネを稼ぐ』——それが君の星なんだと、私は信じているからです」

「おれの、星、ですか?」

「そうです。君の星です」

おれは尋ねた。その答えを、尋ねずにはいられなかった。

「鶴田さん、『星』ってなんですか?」

「その答えはこれから君が、自分で見つけていくべきでしょう。及ばずながら私が力になります」

鶴田さんのそっけなく、さも当然でしょう、というように未来を約束してくれる返答が、おれをシンプルにあたためた。

「ありがとうございます。これまで以上に頑張ります」

「けれどその前に、君には知らないといけないことが、もうひとつあります」

「なんですか？」

「私に加藤君の今回の計画を教えてくれたのは、加藤君の血の繋がらない妹——真琴さんだってことです」

エピローグ

おれはおれの星を考えた。
おれはなんのために生まれ、どこに向かって進んでいるのか。
信じ、裏切られ、騙し、奪い、潰し、ハメられ、そして助けられたおれ。
そんなおれの星とは一体なんなのか?
突飛かもしれない。
その答えを見つけるために、おれがしたのは。
「加藤の親父に電話をかける」という、たったそれだけのことだった。
なにを話したのかを言うことはできない。約束だからだ。
加藤の親父は息子の加藤にそれを言わない。
おれからだって加藤にも、誰にも、一切話さない。
なにが話し合われたのか。それは誰にも語られない。そういう約束だからだ。
おれたちは、長い時間、話をした。
そしてそのあと、おれは渋谷署に出頭した。

ソウカナチュラルの本社所在地からすれば埼玉県警に行くべきところ、渋谷のほうが断然カッコいいでしょう、と、そんな理由で渋谷署を選んだ。そして、「加藤議員を辞職に追い込むために、外国籍のおれが〝故意に〟寄附金を送った」と供述した。

もちろんその場で、拘束。取調室で事情聴取されたあと逮捕され、手錠をかけられ、腰縄をつけられ、草加警察署に移送。尿と写真と指紋を取られ、真っ裸を調べられ、雑居房に入れられ、バスに乗って検察庁に連れて行かれ、拘留が決定し、再びバスに乗って草加警察署の雑居房に戻り、それから――取り調べが始まった。

同房者は、窃盗で捕まった初老の筋トレオタクだった。「重犯だから実刑は免れません」と、本人は至って自然にそう語ってくれた。基本が寡黙な人だったし、おれは国籍の問題で「組織的な犯行」が疑われ、誰との接見も禁止される身空だから、取り調べ以外の時間はとても静かに過ごすことができた。

鶴田さんは、一度に持ち込めるMAX五冊の本を持ってきてくれた。

丸山圭三郎『ソシュールの思想』、レヴィ・ストロース『野生の思考』、同じく『悲しき熱帯I』、椎名誠『哀愁の町に霧が降るのだ・上』と『中』の五冊……って、下巻は！　と思ったことを、無性に思い出してしまう。

最終的には罰金刑で、決着がついた。略式起訴で五〇万円。

それが重いのか軽いのか、いまもおれにはわからない。前科はついたが五年も大人しくしていればキレイになるし、懲役も覚悟していたおれにしてみればバンバンザイだ。

釈放されたのは17時過ぎ。検察庁で略式起訴を受け入れたので、戻ってそのまま釈放となった。

出頭したときの服に着替え、お世話になった刑事さんに挨拶をし、塀の外に出て腕を伸ばす。

胸を広げる。暮れなずむ冬のひんやりとした空気が、やけに心地良かった。

そこに——加藤がいた。

相変わらずの隙のないトラッド姿で、人をたぶらかす笑顔を浮かべて。

加藤はおれの姿を認めてから近づいた。

「お勤めご苦労さまでした」なんて決まり文句を吐いてから、「東京まで送るよ」とハンドル側のドアを引く。釈放の日には加藤が来ると踏んでいたおれは返事もしない。ごく自然に助手席のドアを開け、ミニクーパーへと乗り込んだ。

なにも話さなかった。

なにも話さない感じが心地良かった。


オーケー、この流れだろ？

あんたの聞きたいことはわかっている。

出頭した見返りに、加藤の親父からいくらもらったかって話だろ？

でも残念。おれは一円だってもらっちゃいない。

加藤や加藤の親父に恩を着せるために自首したんじゃないからな。

じゃあなんのために出頭したか、って？

言わないよ。そっちで勝手に考えてくれ。

その間、おれは加藤のミニクーパーに揺られてる。

この車には音楽もなく、風を切る以外はなんだかとても静かで気持ちがいいからさ。


…………。


……………………。

なぁ加藤、おまえがタイでチンコ切ってさ。

「松涛のマンションで我慢しろ」

マンションなんていらないよ。

「おれのチンコは高いんだ」

そんなのおれの知ったこっちゃない。約束は約束だ。チンコ切れ。

「わかった、やってやる。その代わりタイでは切らない。おまえが切れ」

おれがおまえのチンコを？

「そうだ。おまえの望みだ。おまえがその手で切れ」

……マンションで我慢してやる。

「賢明な判断だ」

……なぁ加藤。

「なんだよ」

また一緒になんかやろうぜ。

「バカ言うな、おれはおまえが嫌いなんだ」

偶然だな、おれもだよ。

「一緒にするな、迷惑だ」

じゃあ、勝負しようぜ、おれのチンコをかけて。

「タダでもいらないよ」

大丈夫、おまえはおれに勝てないから。

「最後に笑うのはおれだけどな」

なぁ、加藤。

「なんだ？」

あのな。

「なんだ？」

…………。

………………。

………………………。

「着いたぞ」という、生身の声がぼわんと広がる。

いつしか寝てしまったらしい。目を開けると辺りはすっかり夕闇だった。

ミニクーパーは洋館風のビルの前で停車した。

「悪ぃ」と謝るおれ。

「寝言で肉食いたいって言ってたから連れてきてやった、さぁ降りろ、おごってやる」と加藤。

肉はどっちでも良かったが、逃げたと思われるのはまっぴらだった。

「肉は食うが、カネは自分で払う」

悪態めいたと自覚しながら、車を降り、ドアを閉めた。

しかし加藤は、降りるそぶりすら見せなかった。それどころか、ブンとエンジンをふかしてバックした。方向を変えておれの横にぎゅっと横づけ、ウインドウをするする降ろし、そして最後にこう言った。


「中で真琴が待ってる。いろいろ、よろしくな」

あとがき

この物語は、大学4年の夏から26歳の冬までに僕の身に起ったことをベースにした、限りなくノンフィクションに近いフィクションです。PCもスマホもない昭和の時代の話なので、行動習慣が違って違和感があったり、そのときの流行など聞いたことない単語が出てきたりで、読みにくいところもあったと思います。そんな中、最後までお読みいただき、ありがとうございました。

作品に登場する「三島さん」は実在した人物です。電話の向こうで死んでいったことも事実ですし、登場人物もごく一部を除いて実在した人たちです。裏ビデオや競馬場（実際には競馬ではなくもっと小さな舞台でした）の話も「ライフビジョン」の件も創り事ではなく、そのときのひりつくような不安と興奮は、あれから三十年経ったいまでも僕の心臓にこびりつき、僕を突き動かしています。その意味でいまの僕を形作ったのは、まぎれもなくここに書いた数年間。だから僕はこの数年を愛おしく思っていますし、この時代を経験できたことを感謝しています。

物語のあとの僕は、鶴田さんの事務所で数年間勤め、自分で会社を興し、それを潰し、地元に帰り、親の商売をしばらく手伝い、それから「モンキーフリップ」という眼鏡雑貨の小さな店を開きました。その「モンキーフリップ」をアイウェアブランドにし、今年で二十三年間続け、ビジネス本を三冊出版し、いまでは講師やラジオパーソナリティまでしています。

物語の続き風に言えば、僕は〝星を見つけた〟のです。見つけてみたら「星」は時に心地良く、時に厳しく僕を導いてくれ、結果、僕はとても幸せな毎日に辿り着きました（いやぁ、「星」ってスゲェわ）。

最後に、お礼を述べさせてください。

この本が形になるまでにはたくさんの方にお世話になりました。

表紙にクールなイラストを描いてくださったカネコアツシさん、心に刺さる言葉を添えてくださったチバユウスケさん、ありがとうございました！　お二人のおかげで本の力がグッと高まりました。編集してくれた廣田祥吾さん、ご縁をつないでくださったJディスカヴァーの城村典子さん、電子書籍版で編集の労をお取りくださった森田幸江さん、ありがとうございました！　皆さまのお力添えなくして、この物語が生まれることはありませんでした。

そして、この本を手に取り読んでくださった、あなた。ありがとうございました！

物語は読まれることによって命を得る——と、僕は考えています。だから、あなたが読んでくださったことで、この物語は生まれたのです。生まれた命があなたの力となり、あなたがあなたの星のもと幸せになる旅に出られるなら、作者としてこれ以上幸せなことはありません。

良き旅を！

いつの日か、あなたの冒険を僕に教えてくださいね。

令和元年六月　岸正龍

Twitter & LINE : @961556x（黒い心x）

岸 正龍

1963年、名古屋市生まれ。上智大学経済学部卒業、多摩美術大学芸術学部除籍。小劇場とライブハウスのある街で、アンダーグラウンドカルチャーに包まれて育つ。大学時代は芝居に明け暮れ、お笑い芸人を経てコピーライターに。33歳で眼鏡店「MonkeyFlip」をオープン。独創的なオリジナルフレームを武器にブランドへと成長させる。チバユウスケ氏、カネコアツシ氏をはじめ、青木真也氏（総合格闘家）、柩氏（GREMLINS/ナイトメア）や花木九里虎や花山薫などコラボ多数。近年では自身の成功手法を伝える講師としても活躍。著作に『禁断の心理話術エニアプロファイル』（フォレスト出版）、『人生を変える心理スキル99』（きこ書房）などがある。

マネーマッド

二〇一九年六月十三日　初版第一刷

著　者　岸《きし》 正龍《せいりゅう》

発行人　松崎義行
発　行　みらいパブリッシング
〒一六六-〇〇〇三 東京都杉並区高円寺南四-二六-五YSビル3F
TEL 〇三-五九一三-八六一一　FAX 〇三-五九一三-八〇一一
http://miraipub.jp　E-mail：info@miraipub.jp
編集　廣田祥吾
編集協力　森田幸江
カバーイラスト　カネコアツシ
ブックデザイン　則武 弥（ペーパーバック）
発　売　星雲社
〒一一二-〇〇〇五 東京都文京区水道一-三-三十
TEL 〇三-三八六八-三二七五　FAX 〇三-三八六八-六五八八
印刷・製本　株式会社上野印刷所

ISBN 978-4-434-26078-0　C0093